キリングファーム

島田明宏

集英社文庫

キリングファーム

序

「蝦夷富士（えぞふじ）」と呼ばれる羊蹄山（ようていざん）から、日本最北の不凍湖として知られる支笏湖（しこつこ）に至る山あいに、競走馬を生産する風死狩（ふしかり）牧場がある。

かつて風死狩牧場は名門オーナーブリーダー（馬主兼生産者）として知られ、生産馬が数々の大レースを制していた。その一方で、昔から失踪したり変死する者が多く、地元住民や日高（ひだか）の馬産地の人間たちは、極力接触を避けるようにしていた。

風死狩の地には、血塗られた忌まわしい過去があった。

ことの起こりは、一八〇〇年代の終わり、明治政府が押し進めた北海道への集団移住政策だった。内地の寒村で行き詰まった小作農とその家族は、北の大地での飛躍を夢見て、次々と危険な海の旅に出た。

風死狩牧場の創設者一族も、そうして北海道に移住してきたのであった——。

ときは明治三十年、西暦では一八九七年。

富山湾にそそぐ小矢部川の水面は、眩い春の陽を撥ね、黄金色に輝いていた。河口の伏木港には大きな帆船が繋留され、風を受けて、ゆっくりと揺れている。

村人たちは、身じろぎもせず、桟橋のたもとに立っていた。男も女も頬っ被りをしている。木綿の筒袖には当て布がされ、モンペは汚れ、草履はすり切れていた。

村人のなかには生まれて初めて海を見る者もいた。みな黙って潮の匂いをかぎながら、樺太や朝鮮に向かう船を眺めたり、積荷を降ろす男たちの仕事ぶりを見つめている。

彼らはこれから新天地へと旅立つ。

行き先は、かつて「蝦夷地」と呼ばれ、明治二年に名称が改められた北辺の大地、北海道である。

屯田兵による未開地の開拓や、囚人による資源開発などは、すでに一定の成果をおさめていた。しかし、民間人による農地開拓はなかなか進まなかった。明治政府は、民間の移住者を増やすべく、内地から北海道への集団移住を奨励するようになっていた。

集団で移住すれば、一戸あたり一万五千坪もの土地が貸与され、三年開拓すれば無償で譲渡される。土地は広大で肥沃。税金も兵役も免除される。移住者には、夢のような未来が待ち受けているのだ。

村人たちは、石川県河北郡の山あいの地で暮らしていた。限られた土地で小作農をつづけていても、いずれ生活は立ち行かなくなる。

ソメイヨシノが葉桜になった四月の終わり、彼らは古里を捨て、隣の富山県のここ伏木港から船に乗ることになった。

行動をともにしたのは、立花、得能、島崎、米田、中田、藤木、木高、小倉、平井、古川の十家族。六十人を超える集団であった。

村の若い衆が、綺麗に折り畳んだ紙片を懐から取り出し、坊主頭の少年に見せた。開拓民を募集する新聞広告だ。「美しい未開の沃野」という文字と、雄大な平原の写真を見つめる少年の目が輝いていた。

村人たちが案内されたのは、旧式の貨物船だった。客室はなかった。一行は、積荷と一緒に暗い船底に押し込まれた。

港を出た船はひどく揺れた。波に打たれて船体が軋む音は獣の咆哮のようだった。

船酔いと空腹と、汚物の悪臭に苦しめられる日々がつづいた。

最初の寄港地となる新潟港に着く前に、ひとりの男が病死した。次の酒田港に寄港する前、男の妻が海に身を投げた。それでも、さらに北上して秋田港に立ち寄ったころには、泣いてばかりいた子供たちも諦めたようにおとなしくなった。

五月初旬、船はようやく北海道、積丹半島の付け根にある港町に到着した。千戸を超える家がある、賑やかな町だった。

北海道は、空の色も、雲の形も、風の匂いや冷たさも、内地とは違っていた。濃い桃色のエゾヤマザクラがまもなく満開のときを迎えようとしていた。

死人が出たとはいえ、大多数の者がこうして無事に到着しただけでもいいほうだ、と、地元の人間に言われた。彼らも内地からの移住者だった。このころから盛んになったニシン漁で財をなした者も多かった。

政府は隠していたが、実際は、相当な数の移民が海の藻屑になっていた。漁師の網に土左衛門がかかることも珍しくなかったという。

北海道庁から村人たちに斡旋された入植地は、港から数十キロ内陸に入った尻別川上流の土地だった。背後に羊蹄山がそびえている。一帯は、数年前まで皇室の御料林で、それが国有林となり、開拓が可能になっていた。

しかし、そこに立った村人たちは愕然とした。

「農地」と聞いていたのだが、眼前にひろがっているのはカシワやナラが大半の林と、荒れ地としか言いようのない泥炭地だった。土地はやせていて、傾斜地が多く、作物の栽培には適さない。

それ以前に、ここで暮らすには、自分たちの住居づくりから始めなければならない。男たちが鍬を入れた。半時もしないうちに、岩や動物の骨ばかりでなく、人の骨まで出てきた。

村人たちは、別の入植地を用意してくれるよう道庁にかけ合うことにした。

しかし、地元の公吏は、道庁に取り次ごうとしない。

「お前らの入植地はあそこに決められている」

と、耳を貸さないのだ。

「話が違う」

「あれは人間の住む場所じゃねえ」

「空いている土地はいくらでもあるだろう」

村人たちの怒りの声は空しく響いた。

港の木賃宿に分宿して交渉をつづけた。しかし、一向に埒が明かず、なけなしの金が底をつこうとしていた。

村人の代表が公吏に呼び出された。ようやく道庁に話を通してくれたのかと思ったが、そうではなかった。

新たな入植地は用意できないが、小作としての受入先なら紹介してもいい、と言ってきたのだ。

小作人に戻るのなら、危険を冒して北海道に来た意味がない。

なぜ地元の公吏は、ほかの入植地を斡旋しようとしないのか。この町での滞在が長引くうちに、そのからくりが見えてきた。

公吏は、内地からの入植者の数を実際よりも多く政府と道庁に申請し、入植地を管理下におさめる。一定期間が過ぎて所有権が架空の入植者に移ると、ニシン漁で儲けた漁師をはじめとする分限者に払い下げる。そうして受け取った金を懐に入れているのだ。
だから、一介の小役人が、大名屋敷顔負けの豪邸を構えている。
買い手にとっても、格安で土地を入手できるのだから悪い話ではない。あとは、小作人を使って耕せばいいだけだ。

政府や道庁に直接訴えたくても、村人たちには、その手だてがなかった。

そんなとき、山菜を採りに行った村の娘二人が姿を消した。

「ヒグマに食われたんだべ」

公吏も、漁師たちも、ヒグマの棲息地に無防備で立ち入った娘のほうが悪い、とでも言いたげな口ぶりだった。

しかし、ヒグマの仕業なら、何らかの痕跡が残っているはずだ。二人が一度にいなくなるのもおかしい。娘たちは器量のいい姉妹で、遠くからでも人目を惹いた。彼女たちを、地元の男たちがおかしな目で見ていたことを覚えていた者もいた。

「お前らが娘をかどわかしたんと違うか」

村の若い衆が漁師に凄んだ。

「はんかくせえこと言うでねえ」

漁師が睨み返した。公吏と、その取り巻きは、下卑た笑いを浮かべている。

「じゃあ、家のなかを見せてみいや」

「ふざけるな」

　一触即発の険悪な空気になった。

　もともと同じ移民で、同じような夢や希望を抱いて海を渡ってきた同志であるはずなのに、先に来て小金をこしらえた連中は、憔悴した村人たちを蔑み、嗤っていた。それも村人たちの怒りを燃え上がらせた。

　数日後、今度は地元の女が姿をくらました。公吏の娘だった。村の若者たちがさらってきたのだ。行方がわからなくなっていた姉妹の亡骸も一緒だった。やはり、ヒグマに食われたのではなかった。地元の男たちにとらわれ、蹂躙されていた。公吏の屋敷の離れで、姉は舌を噛み、妹は首を吊って死んでいた。

　姉妹の遺体を前にした父と母は慟哭した。動かなくなった愛しい娘を抱き寄せ、顔をすり寄せ、手足を撫で、声を上げて泣きつづけた。

「許しちゃなんねえ」

「どうする」

「やつらはこの娘を取り返しに来るだろう」

「そこを返り討ちにしてやる」

「全員叩き殺す」

男たちは鍬や斧、鎌、鉈を磨き、女たちは包丁を研いだ。子供たちは、捕らえられたら相手の指を嚙みちぎるよう教えられた。

陽が落ちて、寺の鐘が鳴った。

それを合図にしたかのように、村人たちの泊まる宿の戸が激しく叩かれた。

地元の男たちが乗り込んできた。少なく見積もっても三十人はいる。短刀や銛、猟銃を手にした者もいる。

怒号とともに、宿の戸が打ち破られた。

待ち構えていた村の男が、最初に入ってきた男の首を鉈で斬りつけた。

男の断末魔が響き、血飛沫が土間を汚した。

逆上した敵が一斉に宿に飛び込んできた。

「引けー！」

声と同時に、村人たちは部屋の奥へと逃げた。

怯んだと見た敵が追い討ちをかけてくる。

次の刹那、敵の叫び声に、甲高い金属音が重なった。

土間に仕掛けた、イノシシやウサギを獲るための鉄製の罠の歯がかみ合う音だ。鋭い歯が、踏み込んできた男たちの足に食い込んでいる。ひとり、またひとりと、倒れては、のたうち回る。

外に潜んでいた村人たちが入ってきて、敵を挟み撃ちにした。

それまで、村人たちは誰ひとりとして人を殺(あや)めたことなどなかった。

だが、この夜は、何かに取(と)り憑(つ)かれたように刃物を振るった。戦国時代は農兵として戦い、江戸時代には一揆(いっき)で国中を震撼(しんかん)させた血が騒いだかのようだった。

まだ息のある者もいたが、村人たちは、宿に火を放った。

燃え上がる炎の奥に、もがき苦しむ男たちの影が見える。

敵を建物ごと焼き払うよう言ったのは、宿の主人だった。村人たちと同じ石川県からの移住者だった。男たちとは、ずっと反目し合っていたという。

さらわれてきた官吏の娘も、阿鼻叫喚(あびきょうかん)の地獄絵をじっと見つめていた。

「この娘はどうする」

「犯して殺すか」

「いや、殺したらそれまでだ。これで終わりにしちゃなんねえ」

そう言ったのは、娘たちを殺された父親だった。

憎しみと報復の連鎖を、あえて断ち切らずにおこうというのだ。

近隣に住まう者たちを震え上がらせたこの惨事はしかし、内地で報じられることはなかった。

北海道は、血なまぐさい刃傷沙汰(にんじょうざた)とは無縁の、夢と希望に満ちた美しい大地でなければ、政府にとって都合が悪いからだ。

村人たちは、道内各地へと散り散りになった。

ある家族は岩内郡前田村、その親類は隣の小沢村、別の複数の家族は旭川よりさらに北の上川郡愛別村などに新天地を求め、ほかの数家族は空知郡音江村などで小作人となる道を選んだ。

当初与えられた羊蹄山のふもとの入植地には、二人の娘を失った両親を含む数家族だけが残ることになった。

石川、富山、新潟、青森など、日本各地から北海道への集団移住が盛んに行われていた時代のことであった。

一

そして世は平成に移り――。

駅の改札を抜けたときから、いや、その前に、支線の車両に乗り込んだときから、藤木祐介（ゆうすけ）は、どこか場違いなところに向かっているように感じていた。

改札口からつながる専用歩道橋を、軽装の老若男女が思い思いの速度で歩いて行く。去年の暮れまで自分も一員だった通勤ラッシュに揉（も）まれる会社員の群れとも、遊園地のアトラクションに並ぶ男女とも、彼らは違っていた。それぞれが、怒りとも、喜びとも、諦めとも取れる、さまざまな感情を抱えていることがわかる。そんなふうにバラバラでありながら、みな似通った気迫のようなものを感じさせるのが不思議だった。祐介も、その流れに乗って歩を進めた。

入口に着いた。

東京競馬場の正門である。

入場料は二百円。

祐介は小さく舌打ちし、小銭入れを取り出した。失業中の身には二百円でも痛い。予定外の出費のせいで、夕食のランクを、ワンコインの定食屋から牛丼チェーン店に格下げしなければならなくなった。

競馬場に来たのは、三十二年の人生で初めてのことだった。

目的地は、馬券売り場ではなく、富士山が見えるので「フジビュースタンド」と名付けられたスタンド一階の「イーストホール」というイベントスペースである。

今歩いている歩道橋はスタンドの二階か三階につながっているようだ。

祐介は、階段でグラウンドレベルに降りた。

巨大なスタンドが正面にそびえている。横幅は、少なく見積もっても三〇〇メートルはある。どこからどこまでがフジビュースタンドなのか、さっぱりわからない。

歩道橋の下をまっすぐ進むと、フジビュースタンドの一階に突き当たった。

お目当ての会場がこの奥にあることを示す看板が見える。

「牧場で働こう。サラブレッドと夢を見よう」

大きな活字の下に「平成最後の牧場ワークフェア」と記されている。

土曜日の昨日と日曜日の今日の二日間、ここで、北海道や東北のサラブレッド生産牧場や、育成牧場という、サラブレッドが競走馬になるためのトレーニングをする施設の就職説明会が行われているのだ。

祐介は、「牧場」「就職」というキーワードをインターネット検索にかけ、この催しがあることを知った。

ネクタイの結び目を確かめ、フジビュースタンドに足を踏み入れた。大型のショッピングモールのような広い吹き抜けのスペースがひろがっている。イーストホールだ。そこに三十卓ほどの丸テーブルが置かれ、牧場の採用担当者と求職者が面談している。ほぼすべてのテーブルが埋まっていた。それぞれのテーブルを五、六人が囲み、後ろで順番を待っている求職者もいる。

祐介は、場違いなところに来たという印象を、より強くした。

求職者のためのイベントなので、職安に通うくたびれた中年の集まりを何となくイメージしていた。が、ここにいる求職者のほとんどは二十歳未満だ。保護者同伴の中学生や高校生もかなりいる。女の子も多い。

三十二歳の自分は、確実に「高齢者」の部類に入る。

じわっと汗が出てきた。スーツの上着を脱いで、脇に抱えた。六月になって三十度近くまで気温が上がる日も多いのに、無理してネクタイなど締めてくるのではなかった。

祐介と同じように堅苦しい格好をしているのは採用担当者たちで、求職者はみな、ポロシャツにジーンズといったラフなスタイルで来ている。牧場で肉体労働をするのだから、それでいいのだろう。

会場の入口近くにある「求人牧場一覧」という大きなボードを見直した。

千歳（ちとせ）ファーム、ノースファームなど、何となく聞き覚えのある牧場から、初めて名を聞く牧場まで、三十ほどの牧場が写真付きで紹介されている。ボードの中央部には三〇インチほどのモニターがはめ込まれ、過去にこのイベントを通じて牧場で働くようになった「先輩」の仕事ぶりを映像で流している。

――とりあえず話を聞いてみるか。

祐介は、度のきついメガネをかけ、黒いTシャツの肩にフケを散らした若い求職者が腰掛けたテーブルに目を付けた。ダメそうな人間のあとなら、年齢というハンデを持つ自分も、少しは使えそうに見えるかもしれない。

ところが、メガネの求職者のふるう熱弁が、すごかった。

「現在の日本の生産界におけるサンデー系の血の飽和状態を、御社はどう受け止めているのか。同様に、ヨーロッパではサドラーズ系の優れた種牡馬（しゅぼば）と繁殖牝馬（ひんば）があふれているわけですが、日欧の生産者は、将来、互いのウィークポイントを埋め合う形でウインウインの関係を形成できるとお考えでしょうか」

何を言っているのか、祐介にはさっぱりわからなかった。

やはり、この男の直後はやめておこう、と思ったときには遅かった。

リュックサックを手にメガネの男が立ち上がると、採用担当者に、

「こちらへどうぞ」

と椅子を勧められた。

通り一遍の挨拶を済ませ、履歴書を見せた。

相手の表情が祐介の「年齢」のところでかすかに動いた。

「やっぱり、三十二歳で牧場の仕事を始めるのって、遅いですか」

先手を打つつもりで祐介が訊くと、相手は首を横に振った。

「そんなことはありません。もっと上、四十代や五十代で未経験の方も、ときどきいらっしゃいます」

「ときどき、ですか」

そこで話は終わった。

ほかの牧場のテーブルでも、あまり話は弾まなかった。片方が乗り気ではないお見合いのようなものだ。応対こそ丁寧だが、未経験の三十男をそれほどほしがっていないことが言葉の端々から伝わってくる。去年まで働いていた会社では青二才と見下され、半人前にもならないうちに脱落したのに、急に年寄り扱いされるのは、妙な気分だった。

雇用条件は、どこも似たりよったりだった。

年齢不問、未経験者歓迎、要普通運転免許、実働一日八時間、休日は月に四日、正社員、月給二十万円から三十万円、賞与あり、社宅あり、社会保険完備――。

年齢不問というのは嘘ではなく、

——人手不足なので、三十代や四十代の人も、来たければ来ても構いませんよ。

という意味だった。

祐介は会場の端に置かれたベンチに腰掛け、ペットボトルの茶を飲みながら、テーブルを行き来する若者たちを眺めた。

やはり、千歳ファーム、ノースファームといった大手牧場のテーブルが賑わっている。面談した牧場の担当者からもらったパンフレットをひらいた。「活躍した生産馬」として、競走馬の名と、その馬が勝ったレース名が記されているのだが、どこがどうすごいのか、さっぱりわからない。それはすなわち、何を基準に牧場を選べばいいのかわからない、ということでもあった。

ファンファーレが聞こえてきた。実況アナウンサーの声がつづく。出走馬が記されたレーシングプログラムによると、ここ東京競馬場では、朝の十時から夕方四時過ぎまで、十二のレースが行われる。兵庫の阪神競馬場でもレースが行われており、そちらの馬券もここで買うことができるらしい。

波が押し寄せてくるように場内の歓声が高まり、やがて静かになった。レースが終わったようだ。

家から私鉄で三十分もかからないところに、こうした異世界がひろがっているのが不思議でもあり、新鮮でもあった。

会社を辞めた去年の暮れ、都心の賃貸マンションを引き払い、都下の日野市にある実家に戻った。大学を出るまで使っていた自分の部屋は物置同然になっていた。そこを整理しているとき、古いアルバムを見つけた。縦五センチ、横三センチほどの小さなモノクロ写真が数枚、コーナーシールに四隅を差し込む形で保存されていた。どれも同じ人物を写したものだ。面長で、切れ長の目に特徴があり、頬骨が高い。訊かなくても、自分と血がつながっていることがわかる。今の自分より少し若いぐらいだろうか。軍服を着て馬に乗っている写真を外してみると、丁寧な字で裏書きされていた。

〈藤木嘉助　北海道新冠御料牧場にて　昭和十五年六月〉

嘉助は、祐介の祖父だった。旧満州に出征し、復員後東京で教員となり、長男、つまり、祐介の父が成人する前に世を去った。だから、祐介は祖父を知らなかった。藤木家のルーツは北陸だと聞いていたので、祖父が北海道にいたというのは意外だった。

父に訊いてみると、祖父の父、つまり祐介の曽祖父が、職業軍人として政府直轄の馬政局で軍馬育成に携わっていたという。その関係で、一家が北海道に住んでいた時期もあったのだ。

祖先が北海道に住んでいたことは初めて知った。祐介自身は学生時代にスキーに行ったり、何度か札幌に出張したぐらいしか北海道に縁がなかったが、以来、何となく北海道に思いを馳せることが多くなった。起業に失敗して途方に暮れていたとき、この牧場ワークフェアに参加する気になったのも、それがあったからだ。

財布のなかには、馬に乗った祖父の写真が入っている。どんな御利益（ごりやく）があるのかはわからないが、お守りのような感覚だった。

しばらく会場を眺めていて、ふと気がついた。

人がほとんど寄りつかないテーブルがある。

祐介は立ち上がり、そのテーブルに近づいた。

祐介と同世代の男と、タレントのように目鼻だちの整った女性が座り、正面を見つめている。その女性は二十代にも見えるし、四十代と言われても納得できる、年齢不詳の美しさがあった。艶のある黒髪が肩のあたりでやわらかくカールし、すっと筆で描いたような眉と、少し吊り気味の大きな目が、肌の白さを際立たせている。彼女が綺麗すぎるから、みなそこに行くのがためらわれるのではと思われるほどの美貌だった。

吸い寄せられるようにテーブルの前に立った祐介に、男と女は同時に微笑（ほほえ）みかけてきた。女に見つめられた祐介の心臓が早鐘を打ち、息が苦しくなった。顔が上気して赤くなっているのが自分でもわかる。慌てて目を逸（そ）らして隣の男を見て気づいたのだが、彼も俳優のように整った顔をしている。

咳払（せきばら）いをし、

「よろしくお願いします」

と椅子に座ろうとした祐介は、テーブルの横に立てられたボードを見て、人が寄りつかない理由を悟った。

緑の枠に囲まれたボードの上部には白抜きで「生産・育成牧場」と横書きでプリントされ、その下に大きく牧場名が記されている。

「風死狩牧場」

牧場名に「死」が入っているだけで気味が悪い。

この「風死狩」はどう読むのだろう。

祐介の意を察したように、女が言った。

「フシカリ、と読みます」

女の声は美しく、澄んでいた。そのせいで、祐介の耳の奥に「フシカリ」という音は、歌声のような響きで残った。

「面白い名前ですね」

と言いながら、腰を下ろした。ようやく胸の鼓動が落ちついてきた。

「元はアイヌ語の地名です」

札幌や小樽（おたる）、室蘭（むろらん）など、北海道の地名は、アイヌ語に漢字を当てはめたものが多いことは、祐介も知っていた。

女は説明をつづけた。

「『フシカリ』の『フ』は、『生』という意味か、『赤い』の『フレ』、もしくは『香り』の『フラ』が縮まったものだと言われています。『シカリ』は『回る、回流する』という意味です。つまり、アイヌの人々は、風死狩を、『人生か、赤いもの、あるいはその匂いが循環する土地』と見ていたのだと思います」

陽の光があふれ、風の通り道となる土地をそう表現したのかもしれない。

ボードの「風死狩」という文字をもう一度眺めていると、男が名刺を差し出した。

「ご挨拶が遅れました。事務局の西口と申します」

フルネームは西口克也。

風死狩牧場の所在地は「北海道虻田郡木与別町字風死狩」。さらに、電話番号とファックス番号、メールアドレスが名刺に記されている。

「繁殖の美崎莉奈です」

と女も名刺をくれた。

「繁殖?」

「はい、繁殖牝馬と呼ばれる、お母さんになる馬の世話をしています」

こんな美人が現場で汗を流しているというのが意外だった。

「繁殖というのは、どんな仕事をする部署なのですか」

「春は、お産の介助や、母馬がちゃんと仔育てをするかを見守ることなどで忙しくなります。ちょうど今がひと息つける時期です。年間を通じて、母仔が健康でいられるよう、飼料や衛生面を管理し、異状に気づいたらすぐにケアする、という作業が中心です」

「ぼくのような未経験者でも戦力になれますか」

と言いながら履歴書を二人の前に差し出した。

すると、二人の表情が小さく動いた。やはり年齢が引っ掛かったのか。彼らの視線が素早く履歴書と祐介の顔の間を往復したことに祐介は気づいた。祐介は実年齢より若く見られる。二十代の若者だと思って話していたのに、当てが外れたのかもしれない。

美崎莉奈が祐介の質問に答えた。

「ほとんどの部署が未経験者でも大丈夫です。『繁殖』以外の部署について説明しますと、仔馬は生後半年ぐらいで離乳して、お母さんとは別の場所に移るのですが、それらを世話する部署を『イヤリング』と言います。仔馬は一歳の夏か秋までイヤリングにいて、そのあと人を乗せるようになります。人が乗って走る練習をする部署が『育成』です。育成だけは、馬に乗った経験がないと、すぐにはできません。育成を専業としている牧場もたくさんありますが、うちでは生産と育成の両方をしています」

「ということは、わりと規模の大きい牧場なんですね」

「いいえ、繁殖牝馬が二十頭ほどですから、規模としては中堅です。それでも、当歳と呼ばれるゼロ歳馬と、その上の一歳馬、二歳の育成馬を加えると、六十頭から七十頭になることもあります」

と莉奈が指を折って見せたとき、それまで黙って祐介の履歴書を見ていた西口がこう訊いた。

「藤木さん、去年の暮れに前の勤務先を退社されてから半年ほどになりますが、その間、何をされていたのですか」

ストレートな訊き方だったが、不躾には感じなかった。

「IT関連の会社を起業したんですけど、上手くいきませんでした」

「そちらの事業は、今は？」

「完全に手を引きました」

「それはよかった」

「よかったんですかね。結局、こうして東京から逃げ出そうとしているのに」

逃げるだけではなく、さして興味があるわけでもない馬の牧場に働き口を求め、収入と、大自然に立つ解放感と、動物と暮らすことによる癒しを同時に得ようという虫のいいことを考えている。財布に忍ばせた祖父の写真も、お守りというより、そんな自分を正当化しようとする姑息さの表れのようで、我ながら情けない。

「逃げることは恥ずかしいことではありません」

西口が、甘いマスクに似合わぬ強い口調で言い、つづけた。

「逃げた先で何かをつかめば、それは単なる逃避ではなくなります。尊敬する人が、以前そう言っていました」

それは誰なのか訊こうとしたとき、西口の隣に座る莉奈が祐介の後ろを見て、「どうぞ」と体の向きを変えた。

誰かが面談に来たのかと振り返ると、祐介が初めて話を聞いた牧場のテーブルで熱弁をふるっていたメガネ男が立っていた。

メガネ男は座ろうとせず、黙って莉奈を見ている。莉奈が小さく頷(うなず)いて微笑むと、メガネ男は肩にかけていた一眼レフを莉奈に向け、そこまで撮る必要があるのかと思うほど連写し、逃げるように去って行った。まるでモーターショーのコンパニオンを撮るカメラ小僧だ。が、莉奈は、自分が綺麗だということを充分に理解しているらしく、特に驚いた様子はない。何事もなかったように体の向きを戻し、

「この牧場について、もう少し説明させていただいてよろしいですか」

と風死狩牧場のパンフレットをひろげた。

所在地を示す略地図によると、風死狩牧場のある虻田郡は「蝦夷富士」と呼ばれる羊蹄山を含むエリアで、北海道の空の玄関口である新千歳空港から支笏湖を経て五〇キロほど西、地図で言うと左側にある。周辺にほかの生産牧場や育成牧場はないという。

サラブレッドの生産や育成が盛んなのは、千歳や、その東の安平町(あびらちょう)、そして、太平

洋側のむかわ町、富川や門別を含む日高町、新冠町、新ひだか町、浦河町といった、いわゆる「日高地方」だ。

立地条件が悪いことも、求職者に不人気な理由になっているのだろうか。敷地内に独身寮と所帯持ち用の社宅がある。従業員が使える車も数台あり、買い出しなどはそれでこと足りるという。

パンフレットには、のんびりと草を食む馬たちの向こうに、七合目より上に残雪を抱いた羊蹄山がそびえる写真が載っている。そのまま絵はがきになりそうだ。この素晴らしい環境のどこに不満があるというのだろう。

「風死狩牧場に、興味を持っていただけましたか」

と西口に訊かれ、祐介は大きく頷いた。

興味があるどころか、ここで働きたい、ここしかない、と思っていた。

去年まで勤めていたのは中堅の通信機器メーカーだった。新卒で入社し、定年まで勤め上げるつもりだった。プログラミングとシステム構築のテクニックには自信があったのだが、求められたのは、システムエンジニアとしての職能ではなく、人間関係のしがらみをすり抜ける処世術だった。それが自分には欠けていた。頭でっかちだの生意気だのと言われてもアイデアを出しつづけてきたが、あるときふっと電池が切れたように、やる気が失せた。

人間関係に疲れた、いや、人間と一緒にいることに疲れ果ててしまったのだ。だが、今ここにいる二人とならうまくやっていけそうだ。西口や莉奈のように、また会いたい、と思える人間と話ができたのはいつ以来だろう。

「もし、うちの牧場に来ていただけるのなら、私か美崎までご連絡ください」

と西口が、祐介の目をまっすぐ見て言った。

「それは、採用してくれる、という意味ですか」

入社試験らしきことは何もしていない。

「もちろんです。正直、選んでいる余裕などないほど人手が足りていませんし、仮にそうでなかったとしても、藤木さんにはぜひ来ていただきたいと思っています」

隣で莉奈が頷いた。頷き方まで綺麗だった。口元の微笑が頬から目元へと少しずつひろがっていく。

彼女に惹かれたからここに決めたわけでは、もちろんない。

それでも、本来、働くということは、何らかの楽しみを見いだしていく営みであるということを、久しぶりに思い出すことができた。

誰かに必要とされる存在になれるかもしれない。そうなりたい。

新緑の輝く草原で、羊蹄山を背に馬を曳(ひ)く自分の姿を思い描くと、胸が弾んだ。

二

藤木祐介は、洞爺湖(とうやこ)温泉行きのバスに揺られていた。終点までは行かず、途中の木与別で降りれば、風死狩牧場の人間が迎えに来てくれることになっている。

東京競馬場の牧場ワークフェアから帰宅してすぐ安いチケットを予約し、三日後の飛行機で北海道に入った。そして、新千歳空港から快速エアポートで札幌に移動し、このバスに乗った。札幌から木与別までは二時間弱だという。

バスは国道二三〇号線を南西に進んでいる。標高が高くなるにつれ、並行する豊平川(とよひらがわ)が少しずつ細くなっていく。片道二車線だった道が一車線になり、温泉地として知られる定山渓(じょうざんけい)や豊平峡(ほうへいきょう)を抜けると、道のりは半分ほどだ。

窓を開けると、ひんやりとした風が入ってきた。梅雨のない北海道の六月は、一年で一番気持ちのいい時期かもしれない。

右手にときおり羊蹄山が見えるようになってきた。山頂近くには、まだ筋状の雪が残っている。日本各地にある「〇〇富士」のなかでも、この蝦夷富士が、もっとも本家の富士山に近い姿をしているのではないか。

木与別に着いた。道の両側にバスの待合所がある。祐介が降りた側の待合所の隣には定食屋があり、その前でピックアップしてもらうことになっていた。

しかし、それらしき人もいないし、車もない。

時計を見ると午後三時前だった。

――おかしいなあ。

しばらく待っても誰も来ないので、事務局の西口に送ったメールを確認した。来ないわけだ。祐介は「午後四時ごろ到着する」と伝えていたのだ。

バスは一日数本しかなく、そんな時間に到着するバスはない。祐介の間違いに気づいてくれることも期待したが、現地の人は自分の車で移動するので、バスの時刻など知らないのだろう。

コンビニのある角から羊蹄山が見えるほうへとぶらぶら歩き、コーヒー豆を煎った香ばしい匂いのする古い喫茶店に入った。

客は祐介だけだった。

蛇口から直接コップに入れた水を出された。驚くほど美味かった。

その水で淹れたからだろう、コーヒーもコクがあり、ほどよい苦みが口のなかでひろがり、鼻から抜ける感じがたまらなかった。

「いやあ、美味えー」

思わず声が出た。

「そうかい、ほれ」

と年老いた店主が、よれよれのラップで包まれたチョコレートをサービスでくれた。

「お客さん、観光かい」

カウンター越しに、店主の妻らしき老婆が訊いた。

「そうじゃなく、働きに来たんです。牧場で」

「何、ニセコあたりの観光牧場かい」

「いや、風死狩牧場という、馬の牧場です」

「ふ、風死狩!?」

と店主はのけぞるように一歩下がった。

そしてカウンターの奥に戻り、妻と何やら話している。声を殺しているつもりなのかもしれないが、互いに耳が遠いのか、「大丈夫か」「若い人は気にしないんだべ」「でも心配だ」「教えてあげなさいよ」「そったらことしたら、あれの仕返しが怖いべや」と話が丸聞こえだ。

「風死狩がどうかしたんですか」

祐介が訊くと、二人は顔を見合わせてから、同時に首を横に振った。

気になったので、タブレットを出して「風死狩牧場」でキーワード検索した。すると、数日前にはなかった記事がヒットした。リンクをタップすると、牧場ワークフェアのテーブルと美崎莉奈の写真が表示された。制作者のハンドルネームは「爽やかジョニー」となっている。あのメガネの男か。

――どこが爽やかだ、バカヤロー。

口のなかで毒づき、ほかの記事の見出しもチェックしたが、生産・所有馬の成績などが出ているだけで、問題がありそうな記事は見当たらない。

検索をやめ、競馬用語辞典のサイトをひらいた。就職が決まってから、慌てて競馬の勉強を始めたのだ。騎手がレース終盤、鞭（むち）で馬を叩いたり、馬の首を押したりして走らせることを「追う」と言う。これは、人間や犬などが牛や羊といった家畜を移動させるために「追う」ことから来た言葉だろうか。

コーヒーを飲み終えそうになったころ、常連らしき年輩の客が入ってきた。その老人と店主が「風死狩」について話している声が聞こえてきた。

四時十分前になった。

会計を済ませると、店主の妻が、

「気をつけてね」

と祐介の目を見つめた。横で店主が頷いている。

「はい、ありがとうございます」

そう答えた祐介は、店を出て少し歩き、何となく気配を感じて振り向いた。店主夫妻と常連客が店先に出て、こちらを見ていた。

——おかしな人たちだな。

祐介は三人に手を振り、羊蹄山を背に歩き出した。

バス停に戻ると、定食屋の駐車場に軽トラックが停まっていた。

祐介が近づくと、運転席から小柄な若者が降りた。

「藤木さんですか」

二十代半ばくらいだろうか、よく日焼けしている。

「そうです。風死狩牧場の人ですよね」

「はい、村井と言います」

体だけではなく、声も小さかった。

「わざわざ迎えに来てもらってすみません」

助手席に乗って礼を言うと、村井はうつむいたまま言った。

「敬語はやめてください。年上の人に丁寧な言い方をされると緊張するので」

「はい……、いや、わかった」

「荷物はそれだけですか」

と村井は祐介のボストンバッグを見た。

「うん。これは足元に置けばいいか」

村井は満足そうに頷いた。ぞんざいな口調でものを言われることがそんなに嬉しいのだろうか。

国道をバスが来た方向、つまり、札幌方面に戻りながら、村井が訊いた。

「北海道は初めてですか」

「いや、何回か来てるよ。村井君は、どこの出身なの？」

「村井君って……」

ハンドルを握った村井が不満げに唇を尖らせた。

「あ、君付けはまずかった？」

敬語はやめてほしいと言いながら、「君」はダメとは、面倒臭い性格だ。

「いや、一応女なんで」

「そ、それは失礼した」

髪が短く化粧っけがないし、身のこなしや、低くかすれた声からも、女だとは思わなかった。

「いいんです。よく間違えられるので」

息苦しい沈黙がつづいた。

車は少しずつ羊蹄山から離れて行く。

「牧場には、あとどのくらいで着くのかな」

「十五分ぐらいです」

右折して国道を離れ、細い道に入った。道は湾曲しながら少しずつ上っている。対向車が来たら、すれ違うのに苦労しそうだ。クマザサが路肩を狭くし、鬱蒼とした木々のつくる影が濃い。似たような眺めがつづく。道を覚えるには、自分で運転して走るしかなさそうだ。

小さな峠に差しかかると、急に視界がひらけた。

そのとき、村井が舌打ちし、軽トラを路肩の待避所に停めた。車を降りて、荷台のカバーを外した。ガサゴソと何かを取り出し、車の正面に回り込んできた。そして、黒光りするステッキのようなものを目の高さに持ち上げた。

ライフルだった。顎を引いてスコープを覗き、道の反対側の藪に狙いを定め、引き金を引いた。パスンと乾いた音が響いた。さらに、もう一発。

祐介は、驚いて開いたままになった口を閉じることができずにいた。

少しの間、藪を見つめていた村井は、こちらを向いて頷いた。

降りていい、という意味か。

すくみそうになった足をやっとの思いで動かし、車を降りた。

「クマがいたんです」

と彼女はライフルを迷彩柄のカバーに入れた。撃つまでの動作といい、カバーに仕舞うときの手つきといい、かなり扱い慣れている。

顔をこわばらせた祐介を面白がるように、つづけた。

「空気銃です。ちゃんと警察から所持許可をもらっています」

空気銃というと玩具のように思われるが、いわゆるエアライフルではないか。

「それはいいけど、またクマが戻ってこないだろうね」

「大丈夫。ヒグマは臆病だから。シカのほうが懲りずに何回も来ますよ」

さっきとは打って変わって楽しそうだ。最初からこの笑顔を見せられたら、男だとは思わなかっただろう。

そんな彼女の横顔を眺めているうちに、この待避所が、ちょっとした展望台になっていることに気がついた。

眼下に、四方を山に囲まれた、すり鉢の底のような土地が見える。数棟の細長い建物と、陸上のトラックのような楕円形（だえんけい）のコースがある。

「もしかして、あれが」

「はい、風死狩牧場です」

想像していたよりずっと広い。が、パンフレットの写真とはずいぶん雰囲気が違うように感じられる。その一帯だけ陽の光が届かず、暗く、打ち沈んでいるかのようだ。奥のほうに細い川と沼のようなものが見える。

「ん、あの建物は？」

と祐介は、牧場の北側の斜面にへばりつくように建つ白い建物を指さした。

「病院と、特別養護老人ホームです」

「こんなところに患者が来るの？」

訊いてから「こんなところ」はまずかったと思ったが、村井は気にしていないようだ。

「療養型の、いわゆるホスピスなので、外来はほとんど来ません」

「詳しいんだね」

「うちの社長が経営しているので」

知らなかったんですか、と言いたげな顔で、運転席に乗り込んだ。

「村井さんは、どのくらい風死狩牧場で働いてるの」

「二年ちょっとです」

「その前は――」

と言いかけた祐介を村井が遮った。

「先に言っておきます。私、老けて見られるんですけど、誕生日が来るまでは二十歳ですから」

「そうか。いや、まあ、そのぐらいだと思ってたよ」

二十歳で勤続二年強ということは、高校を出てすぐ働きはじめたわけだ。自覚しているとおり、だいぶ年上に見える。

「さっきの質問ですけど、私の出身は道内の余市(よいち)というところです」

「そうなんだ。で、下の名前は何て言うの？」

「優花(ゆうか)です。優しい花と書きます」

「優花さんか。ぼくは祐介だから、近いっちゃ、近いな。ハハハ」

村井優花はもう笑っていなかった。

車は二股を右に進んだ。やがて、行き止まりになった。高さ二メートルほどのコンクリートの塀が前方を塞ぎ、左右に長くつづいている。

対になった太い柱の一本に、「ＦＵＳＨＩＫＡＲＩ　ＦＡＲＭ」と刻印された真鍮(しんちゅう)のプレートが埋め込まれている。

風死狩牧場の入口だ。

優花がダッシュボードに置かれたリモコンのボタンを押した。

すると、二本の門柱に挟まれた、檻(おり)のような鉄の扉が左右にひらいた。

そこから敷地に入るとき、塀の上部に有刺鉄線が張られていることに気がついた。

――これじゃあ、まるで刑務所だな。

入口の脇には監視塔のような櫓が立っている。

優花は、入って右手の事務所の前に軽トラを停めた。

車を降りると、馬のいななく声が聞こえてきた。

昔どこかでかいだような、懐かしさを感じさせる匂いが流れてくる。サラブレッドの牧場に来たのは初めてなので、ほかと比べることはできないのだが、きっと、どこも同じような音と匂いに満ちているのだろう。

「じゃ、私はここで」

と優花は軽トラで敷地の奥へと行ってしまった。

振り返ると、鉄の門扉は閉じていた。気のせいか、門の外と内とでは、空の色や空気の質まで変わっているように感じられた。

牧場事務所の入口にはガラス張りの玄関フードがあり、数段の階段を上って入るようになっている。土台が高いのは、冬の間、雪に埋もれないようにするためか。

入口の扉を開けて声をかけた。

「こんにちはー」

東京競馬場の牧場ワークフェアで会った事務局の西口が笑顔で迎えてくれると思っていたのだが、人の気配がない。

「失礼しまーす」

FUSHIKARI FARM

と背中の後ろでドアを閉めた。

正面に洗面台、その奥にトイレがある。左手のスペースにはソファとテーブルが置かれ、壁に競馬の写真や馬の油彩が飾られている。右手の部屋には事務机が並んでいる。

不意に、水洗トイレを流す音が聞こえてきた。つづいて聞こえるカチャカチャという金属音はベルトのバックルの音か。「フェークション！」と大きなくしゃみをしながら、白髪頭を短く刈った、小柄な初老の男がトイレから出てきた。男は、洗面所で手を洗わずに、祐介のほうに近づいてきた。そして、

「どちらさん？」

と作業ズボンのチャックを上げながら訊いた。

「今日からこちらでお世話になる藤木と言います」

「ああ、新入りか」

「よろしくお願いします」

どうやら自分が来るという話は伝わっているらしい。

「その格好じゃ仕事できねえべ。こっちさ来いや」

と男は事務机の並ぶ部屋に入り、奥のドアを開けた。

会議室だろうか。長机がコの字形に置かれ、書棚にはサラブレッドの血統事典などが並んでいる。

「着替えてから、外さ出てこい」

と男は、部屋の隅にあった段ボール箱から作業着や帽子、手袋、長靴などを取り出し、机に並べた。

作業着も帽子も新しかった。長靴もちょうどいいサイズの新品があった。

外に出ると、男は軽トラの運転席にいた。

助手席に座った祐介は、

「失礼ですが」

と名前を訊いた。が、通じなかった。

「別に失礼じゃねえ」

「いや、そうじゃなくて、お名前を教えてもらえますか」

「おれか。みんな『とっつぁん』って呼んでるさァ」

とっつぁんは前歯の抜けた口を開けて笑い、ハンドルを切った。

牧場内を案内してくれるらしい。

「それが繁殖の厩舎(きゅうしゃ)だ」

とっつぁんは、奥行きのある倉庫のような建物を顎で示した。

「お母さん馬がいるところですね」

「んだ。今年出産したやつは、仔っこも一緒だ。ほれ、そこに名簿があるべさ」

とっつぁんが指さしたグローブボックスを開けると、「繁殖牝馬名簿」とプリントされた、薄い冊子が入っていた。ひらいてみると、馬名、血統、先祖にどんな馬がいるかが、家系図のような形で書かれている。

「もらっていいんですか」

「おうよ。人の名前より、馬の名前ば先に覚えれ」

繁殖牝馬は二十頭しかいないので、覚えるのはそれほど大変ではなさそうだ。

厩舎の入口の扉が開いており、通路の両側に厩が並んでいるのが見えた。奥のほうを人影が横切った。細身の女性のようだった。東京競馬場で会った美崎莉奈だろうか。

「これから毎日やる仕事のひとつは、あれだ。ほれ、やってるべ」

とっつぁんが指さした放牧地の奥で、男が、棒の先に回転する刃の付いた草刈り機を左右に振って作業をしている。

「毎日ですか」

「四、五日かけて刈っても、初日に刈ったところがもう伸びてっからな」

この道は、牧場の敷地を南北に二分する形で、まっすぐ東西に延びている。今は、東に向かって走っている。

左右には、柵に囲まれた草地がある。

「そこが繁殖と当歳の放牧地だ」

「当歳というのはゼロ歳の仔馬のことですね」

「んだ。とねっこども言う」

まだ母馬よりずっと小さく、馬というよりシカのようだ。母のまねをして同じ格好で草を食べている仔馬もいれば、元気に飛び跳ねている仔馬もいる。

その馬たちを眺めていて、ふと疑問に思った。

「この道、舗装されているけど、大丈夫なんですか」

馬が厩舎と放牧地を行き来するときは、ここを通らなければならない。こんな硬いところを歩いて、怪我(けが)をしないのだろうか。

「わざとこうしてるんだ。イギリスのニューマーケットやフランスのシャンティイでは、調教師や馬主が自分の厩舎ば持ってんのさ。で、そこから共同の調教コースさ馬ば連れてくんだけど、そのとき、みんな舗装されてる一般道ば歩くのよ」

「車が走っている道を、ですか」

「おう。だからヨーロッパの馬は、ちょっとやそっとじゃ動じねえし、脚元も丈夫なんだべさ。それでここも舗装したのよ」

「とっつぁん、物知りなんですね」

下っ端の雑用係だと思っていたのだが、馬を扱う部署で働いているのか。

「なんもなんも。んで、そこが採草地だ。牧草ば刈り取るための草地だから、馬は放さねえんだ」

と言ったとっつぁんは、その先のイヤリングの厩舎と放牧地、さらに奥の育成馬の厩舎と調教コースを見せてくれた。

イヤリングというのは、当歳馬が生後半年ほどで離乳してから、年を越して一歳になり、背中に人を乗せるまでの世代を指す。その放牧地は、すり鉢状になった地形を生かし、傾斜地につくられている。そこで草を求めて歩き回るうちに、自然と足腰が鍛えられるのだという。

道の左右に、直径二〇メートルほどの円形の建物があった。

「ウォーキングマシーンだ。馬を入れると、後ろから壁が動いてくるから、どうしても歩かないばなんねえのよ。あっちがイヤリング用で、こっちが育成馬用だ」

この道の突き当たりには一周八〇〇メートルの楕円形の調教コースと、自然の傾斜を利用した六〇〇メートルの坂路(はんろ)コースがある。

そこに至る途中、牧場事務所を背にして左手、つまり北側の放牧地の切れ目には、斜面に食い込むように大きなガレージが建っており、除雪車や、トラクター、それに接続するディスクモアと呼ばれる牧草の刈り取り機械などのほか、戦車のように頑丈そうなメルセデスベンツGクラスなどが停められている。

「この牧場、運営資金は潤沢なんですね」

祐介が言うと、とっつぁんは首を傾げた。

「どうだべな」

「オーナーはこれだけの施設を持っていて、そこの病院も経営しているんだから、大金持ちなんでしょう?」

とガレージの上の傾斜地に建つホスピスを指さすと、とっつぁんは、

「いやあ、そったらたいしたもんでねえ」

と運転席から尻を半分浮かせ、ぶっと屁をした。

祐介は、窓を細く開けて訊いた。

「ぼくは、どの部署で仕事をすればいいんでしょうか」

「人が一番足りてねえのはイヤリングだけど、新入りはだいたい繁殖からだな。事務所さ戻ったら訊いてみれ」

言いながら、調教コースの手前で軽トラを降りた。

目の前を、人を乗せた馬が駆け抜けて行く。先頭の乗り手は少年のように若く、二頭目と三頭目の乗り手は祐介と同世代に見えた。最後尾、四頭目の乗り手を見たとき、小さく声が出た。

祐介を迎えに来てくれた村井優花だった。

鞍に座るのではなく、腰を浮かして前傾姿勢を取っている。ダカダン、ダカダンとリ

ズミカルな蹄音が響く。その背で風を切る優花の横顔は凛々しかった。

とっつぁんの姿が見当たらないのできょろきょろしていると、声がした。

「こっちだ」

調教コース脇に建つ物見櫓の上から手招きしている。入口にあった櫓より大きく、十人ぐらいは上れそうだ。

梯子のような階段を上って櫓の上に立つと、眺望は抜群だった。

とっつぁんは双眼鏡で、周回コースを走る馬を見ている。

周回コースの奥には、南の斜面を上る坂路コースがある。頂上からは、林のなかの逍遥馬道を通って下に戻るようになっている。

牧場の入口から見て突き当たりになる東側は背の低い山々が稜線を重ねている。その手前には、イワナやヤマメがいそうな清流が見え、ゆるやかにカーブして、坂路の起点近くの沼に流れ込んでいる。いや、沼と言うには水が澄んでいるので、池と言うべきか。池の向こうには小さな畑と水田があり、その脇にも厩舎と放牧地が見えた。

反対側、つまり入口のほうに目をやると、メインストリートの両側にウォーキングマシーンと厩舎と採草地と放牧地があり、突き当たりの事務所と櫓を守るように灰色の塀が連なっている。その上方で、羊蹄山がゆるやかな稜線を見せている。

静かで、しっとりとして、美しい。なのに、ずっと見ていると、どういうわけか物悲しい気分になり、切ない痛みが胸の奥にひろがってくる。自然に対して、無知で無力な自分のちっぽけさを思い知らされるからか。

「気に入ったか」

「はい、来てよかったです」

「二カ月、三カ月経ってもそう思えるよう、けっぱれや」

と笑ったとっつぁんは、階段の横のポールに飛び移り、サルのように滑り降りた。どう見ても六十歳を過ぎているのだが、尋常ではない身軽さだ。


事務所に戻ると、肉付きのいい中年女が、事務机でパソコンのキーを叩いていた。女は、ずり落ちたメガネ越しに上目づかいでこちらを見た。

「あんたが藤木さんね」

「はい、よろしくお願いします」

「騎乗経験なし、馬に触ったこともなし、か」

とパソコンの画面を見ながら言った。祐介の履歴書をスキャンしたファイルが入っているのだろう。さらにこう訊いた。

「希望する部署は？」

「特にないです」

「社長は何か言ってた？」

「社長？」

意味がわからなかった。

「あんた、そこで一緒に車から降りたべさ」

と女は顎を突き出し、窓の向こうの車寄せを指した。

「もしかして、社長って、とっつぁんが？」

「そったら呼び方したら、はたかれるよ。はんかくさいねェ」

と女はお腹を揺すって笑った。

言われてみれば、確かに、人に使われる側ではなく、決定権を持つ人間の態度だったような気がする。

「で、社長は何て言ったのさ」

「新入りはだいたい繁殖だ、と」

「じゃあ繁殖だわね」

と女はスマートフォンで誰かと話しはじめ、頷いたり、歯茎を出して笑ったりしてから、こちらに顔を向けた。

「明日の朝五時に繁殖の厩舎に集合だって」

「わかりました」

「ちょっとスマホ貸して。アプリで通話できるように設定するから」

　と祐介のスマホを操作しながら、つづけた。

「賄いは、朝はおにぎり、昼は十一時半、夕方は五時から、寮の一階の食堂ね。ちょっきりその時間じゃなくても大丈夫だから。今日もこれから食べるっしょ？」

　そう言われ、時計を見たら六時近くになっていた。緯度が高いと夏場は日没が遅くなると聞いていたが、本当に明るいので、時間の感覚が狂ってしまう。

「寮は、玄関ば出てまっすぐ行けばわかるから」

　と部屋の鍵を渡された。「２１５」と記された札が付いている。

　事務所を出て、メインストリートを横切り、塀に沿ってまっすぐ進むと、右手の飼料庫に隠れるように二階建ての寮があった。昔の小学校の校舎を思わせる、古い鉄筋コンクリートの建物だ。

　建物全体の大きさのわりに、玄関がやけに広い。脇の駐輪場には、いわゆるママチャリと呼ばれる、かごの付いた自転車が三台置かれている。

　玄関を入って左に下駄（げた）箱があり、右に用務員室のような小部屋がある。

　スリッパに履き替えてなかに入ると、

「あら、いらっしゃい」

　と女の声がして、ギクリとした。

さっき事務所にいた女が、右手の小部屋から出てきた。

「あれ？　いつの間に来てたんですか」

「姉ちゃんのことか。似てるっしょ。双子なの」

三日月のような眉も、上を向いた鼻も、話し方もそっくりだった。

「はい、違う人とは思えません」

「名前は違うよ。姉ちゃんは『みどり』で、私は『あかね』。色っぽくなるようにって、親が色の名前にしたのさァ」

と片手で口を押さえて笑い、もう片方の手で祐介の二の腕を叩いた。

あかねは、共同便所と風呂、食堂、二階につながる階段の場所を教えてくれた。祐介が立っている玄関から廊下が左右に延びており、その両端に階段があるという。

祐介の部屋は、二階の東端にあった。

十畳ほどの細長い部屋で、ビニールロッカー、テーブル、パイプベッド、テレビ、冷蔵庫など、生活に必要なものはだいたい揃っている。

南側の窓から、事務所と、その奥に数軒の一軒家が見える。あれが既婚者用の社宅なのだろうが、家の造りや大きさはまちまちだ。

社宅の一軒から出てきたと思われる人影が、事務所の脇から、こちらへと近づいてくる。

事務所はこうして見ると、さびれた村の役場のようだし、手前の飼料庫は消防車でも入りそうなほど間口が広い。その向かいの物見櫓は火の見櫓になりそうだ……と、そこまで考えたとき、頭のなかでいろいろなものがつながった。

——ひょっとしたら……。

ここは、ひとつの村だったのではないか。

事務所は村役場で、飼料庫は消防署、この寮は学校で、社宅は村人たちの家。斜面の上の病院だけが、以前の形のまま残っているのではないか。

ダムの底に沈んだ村のような陰鬱さを感じさせるのは、滅びたコミュニティの残骸のせいなのか。

社宅から出てきたらしき人影は、中年の男だった。男は、寮の手前で祐介から見て右に曲がり、見えなくなった。この寮の裏側にも何かあるのだろうか。

荷物を整理して、風死狩牧場のパンフレットをひらいた。代表者名は「立花初蔵（はつぞう）」となっている。次からは「とっつぁん」ではなく、「社長」か「立花さん」と呼ぶほうがいいだろう。

さっき上ってきたのとは反対側の階段へと廊下を進むと、二階にもトイレと洗面所があった。三つの蛇口が並ぶ洗面所は、ここが確実に小学校か中学校だったことを示している。

男子トイレには小用の便器が五つ並び、顔の高さぐらいの窓から、北側の斜面が見える。そこで用を足していると、斜面を上って行く人の足が見えてぎょっとした。さっき見た、社宅から出てきた男だろうか。手を洗ってからもう一度見ると、今度はそこを下ってくる人の足が見えた。膝下までの白衣を着ている。医師か看護師か。斜面の上の病院につながる道があるのだろう。牧場と病院の経営者が同じなのだから、社宅も同じで、そこから通勤している人がいるのかもしれない。

食堂には先客がいた。男が五人と女が三人。談笑している者はなく、向かい合わせに座る中年の男女以外はみなバラバラに座り、スマホや新聞を見ながら黙々と食べている。

「こんにちは」

誰に言うともなしに言うと、全員が申し訳程度に頷いた。誰も祐介の顔を見ようとしない。祐介が新入りだから構わないが、これがもし外部の人間だったら、さすがに失礼ではないのか。いや、独身寮の食堂に大事な客が来ることなどないから、これでいいのかもしれない。

厨房（ちゅうぼう）にはあかねがいた。白い頭巾と割烹着（かっぽうぎ）は、給食のおばさんそのままだ。匂いで、今夜のメニューはカレーだとわかる。

「藤木君はカツとハンバーグのどっち？　それともダブルかい」

「カツでお願いします」

「はいよ」

と、あかねは手早く切ったカツを包丁に載せて皿に入れ、ルーをたっぷりとかけた。勤めていた会社に社員食堂はなかったので、こういう食べ方をするのは大学生協の食堂以来だ。

「席に気をつけてね」

あかねにそう言われ、どういう意味かわからないまま窓に近いテーブルに腰掛けると、正面のテーブルにいた若い男が顔をしかめ、トレーを持ってひとつ離れたテーブルに移って背を向けた。

——感じ悪いなあ。

この男から離れたかったので、厨房の配膳台に近いテーブルに移った。そして、カレーを口に入れて、驚いた。ものすごく美味いのだ。最初はまろやかな風味が口のなかにひろがり、やがてコクのある辛味がじわじわと立ち上がってくる。

斜め前の席でこちらを向いて座っていた男が席を立つとき、目が合った。軽く会釈すると、男は驚いたような顔で目を逸らせた。

隣のテーブルの女性は祐介と横並びに座っているので表情をうかがうことはできないが、さっきから鼻をすすって泣いているような気がする。座るときにちらっと見た印象では、牧場ワークフェアで会った美崎莉奈に似た感じの、綺麗な人だった。

その近くには、夫婦とおぼしき中年の男女が座っている。いや、男は五十代ぐらいだが、女は祐介と変わらないかもしれない。ひょっとしたら訳ありか。

静かだった。厨房からときどき食器のぶつかる音がする以外は、食べている人間たちの咀嚼(そしゃく)する音や衣(きぬ)ずれの音まで聞こえてきそうだ。

カツを切った祐介のスプーンが皿に当たり、カチッと大きな音が出た。すると、背を向けている男の動きが止まり、隣の女が鼻をするのをやめた。夫婦らしき二人もこちらを見ている。

「す、すいません」

水を飲み、そっとコップを置いた。

祐介は、子供のころにテレビで見た「もしもこういう定食屋があったら」というコントを思い出していた。静かに食べなくてはいけないというルールを知らない客が、大声で注文するとほかの客全員に睨まれ、そばをズルズルすると咳払いで注意され、げっぷをするとハリセンで頭を叩かれる——といった架空の世界での演技を、ここではみな大まじめにやっている。

そこに、もうひとり従業員が入ってきた。

村井優花だった。

カツとハンバーグのダブルカレーを載せたトレーを持った優花が、

「藤木さん、どの部署になったんですか」

と小声で訊いた。

「繁殖。明日からだけどね」

「じゃあ、ここはまずいです」

「どういうこと？」

「この季節はまだいいんですけど、繁殖牝馬に馬鼻肺炎ウィルスというのが感染して、流産がつづくことがあるんです」

「ウマビ肺炎？」

「そう、馬の鼻と書いて馬鼻。ＥＲＶとも言います。だから、十一月ぐらいから次の年のお産が終わるぐらいまで、繁殖の人は、ほかの部署になるべく行かないようにして、もし行ったら服や靴を替えなくてはならないんです」

「それはわかったけど、どうしてここがまずいの？」

「このテーブルは育成スタッフのスペースなんです。育成馬がＥＲＶを持っていることがよくあるので、繁殖の人が座ってはいけないんです」

　繁殖スタッフは食堂の東階段側、イヤリングスタッフは真ん中、そして育成スタッフは厨房側のテーブルと決められているのだという。

「へえ、そういう伝染病があるんだね」

と祐介は席を移動した。

するとさっきテーブルを移って背を向けた男が吐き出すように言った。

「まったく、そんなことも知らねえで給料もらう気か」

男は明らかに祐介より年下だ。「お前から給料をもらうわけではない」と言い返したかったが、それは「逆ギレ」になるので、ぐっとこらえた。

「どうして使えねえやつばっか雇うのかな。どうせすぐ逃げ出すのによ。想像していた動物との触れ合いとは違うとか、甘えたこと言って」

祐介の顔を見ずにそう言い、出て行った。

誰も咎めないところを見ると、ここで大きな声を出してはいけないというわけではないようだ。

座っていたテーブルからして、男は繁殖スタッフだろう。こんな田舎に来てまで人間関係でゴタゴタするのは嫌なのだが、先が思いやられる。

「き、気にしなくていいと思うよ、うん」

声に振り向くと、坊主頭で丸い顔をし、左右の眉が鼻の上でつながった若い男が座っていた。男はつっかえながらつづけた。

「ぼ、ぼくもいつも怒られてるんだ。お前なんてすぐ辞める、って言われてから、もう三週間ぐらい経つよ、うん」

「そうなんだ。ありがとう」

「お、お礼なんて、う、嬉しいなあ」

笑うと前歯がところどころ抜けていた。

体型こそ違うが、どことなく、雰囲気が社長の立花に似ている。

「藤木と言います。よろしく」

「ま、丸森文男(まるもりふみお)です。みんなマルオって呼びます」

「マルオ君も、繁殖?」

「う、うん。だけど、獣医は何かあったらいろんなところから呼ばれるから」

「え、獣医って、マルオ君が?」

「そ、そうだよ。大学院に残って研究してたんだけど、臨床をやりたくなって」

「ぼくはずぶの素人なんで、いろいろ教えてください」

「い、いや、ぼくも厩舎作業は新人だから、い、一緒に頑張ろう」

差し出された右手を握り返した。大きくて、あたたかい手だった。祐介の気持ちまですっぽり包み込まれ、ほぐされるかのようだった。

マルオによると、寮では、部屋はもちろん、使える下駄箱の場所もスリッパも、部署別に分けられているという。祐介はたまたま正しく、繁殖用の臙脂(えんじ)のスリッパを履いていた。

「そこまで細かく分けても、どうせ同じところを歩くんだし、トイレも風呂も共同なんだから、意味がないような気もするけどなあ」

「で、でも、そうやって清潔にしようという意識を持つことが大切なんだよ。い、一事が万事って言うじゃないか」

なるほど、と納得した。それにしても、人は見かけによらないというのは本当だな、とマルオを見てつくづく思った。

部屋に戻り、ベッドで大の字になった。天井の染みを眺めていると、怪物が口を開けて小動物を呑み込もうとしているように見えてきた。子供のころなら怖くなって、布団にもぐり込んでいたかもしれない。

タブレットの電源を入れると、アクセスできるワイファイの接続先は「Ｆｕｓｈｉｋａｒｉ‐Ｆ」だけだった。パスワードなしで接続するスタイルだが、敷地内の牧場関係者しかアクセスしないので、セキュリティの心配はないだろう。

会社を定年退職してからスマホを買い、通信アプリ「ＬＩＮＥ」などを始めた父に、昼間撮ってクラウドに自動的に保存されている牧場の写真に、「明朝から仕事です」とメッセージを添えて送信した。

午後七時近いのに、まだ部屋の灯（あかり）をつけなくてもいいほど明るい。

天井で怪物に食われそうになっている小動物が、地面に伏せて頭を押さえている人間の子供にも見えてきたところで、眠りに落ちた。

深夜、息苦しさで目が覚めた。

起き上がって水を飲もうとしたが、体が動かない。

不意に、人の気配を感じた。

少しずつ闇に目が慣れてきた。

気のせいではなかった。ベッドの脇に人が立っている。

鍵はかけたはずだ。人影はこちらに一歩近づき、祐介の顔を覗き込んだ。起きていることを気づかれないよう細目で様子をうかがった。

体のラインに丸みがある。獣医のマルオか？

いや、胸が大きくふくらんでいる。女だ。

女はメガネをかけている。

おそらく、いや、間違いない。双子のみどりかあかねのどちらかだ。

女はそっと布団に手を差し入れ、祐介の股間を触った。その手は、萎えた祐介のペニスの大きさを測るように動き、睾丸（こうがん）を包み込むように握ってから、引っ込められた。

祐介は目を閉じた。

甘い匂いがする。何かあたたかいものが顔に近づいてきた。唇に、やわらかいものが押し当てられた。女の唇か。あるいは、乳房か。

ベッドに沈み込むように体が重くなり、そのまま眠ってしまった。


スマホのアラームで目が覚めた。

午前四時。カーテンを開けると、もう明るくなっていた。

服を着ながら、昨夜の出来事を反芻した。確かにあの姉妹のどちらかが枕元に立っていた。股間と唇には、今もやわらかな感触が残っている。

しかし、顔を洗って歯を磨き、シェーバーで髭を剃り、首筋や腕に虫よけスプレーをかけたときには、あれは夢だったような気がしていた。股間と唇の感触も消えていた。

それにしても、ああいう性夢とも言える夢に、なぜ、綺麗な美崎莉奈や、若い村井優花ではなく、おかめのような中年女が出てきたのだろう。勝手に見た夢ではあるが、何となく損をさせられたような気分になった。

食堂を覗くと、繁殖、育成、イヤリングのテーブルそれぞれに、ラップで包んだおにぎりがまとめて置かれていた。

ひとつを頬張り、玄関で長靴を履いた。

入るときには気づかなかったが、屋外の玄関マットがスポンジのような素材になっていて、湿っている。消毒液を染み込ませているのか。

昨日の昼間は暑いぐらいだったのに、今は十二、三度しかなさそうだ。ダンガリーシャツ一枚で外に出たことを後悔した。

メインストリートを奥へ、つまり東へと歩く。正面の山の稜線がうっすらと黄金色に染まっている。車が一台、祐介を追い越して行った。さらにもう一台。みな、ギリギリまで眠っていたようだ。

左に曲がって繁殖厩舎につながる道に入った。道を横切る形で幅二メートルほど石灰が撒かれている。

厩舎は縦長で、白い板壁に臙脂の三角屋根が載っている。メインストリート側のほか、側面の中央部にも大きな出入口がある。その両側に、扉の付いた窓が並んでいる。

「おはよう」

と女の声がして、美崎莉奈が現れた。そして、

「ようこそ」

と腰に手を当て、微笑んだ。

「よろしくお願いします」

「まず、そこのバケツに足を入れて、長靴を消毒して」

と出入口の脇に置かれたバケツを指さした。道の石灰といい、このバケツといい、殺

菌・消毒は徹底している。

厩舎の床はコンクリートではなく弾力性のある素材を使っている。幅三メートルほど、長さ三〇メートルほどの通路の両側に馬房が並び、突き当たりの出入口からメインストリートが見える。

祐介が入った出入口から、厩舎内を横切る形で反対側に抜けることができる。抜けた先には放牧地がひろがっている。

ひとつの馬房は八畳ほどか。奥に扉の付いた窓がある。馬房の出入口は木の棒を二本横に通して塞ぐようだ。いくつかの馬房を覗いてみたが、どれも空だった。

出入口脇にある事務スペースに一度引っ込んだ莉奈が、臙脂のキャップとブルゾンを持って出てきた。

「臙脂が繁殖のステーブルカラーなの」

とそれらを差し出した。

「ありがとうございます」

ブルゾンを羽織り、キャップを被った。莉奈とペアルックのようで恥ずかしかったが、悪い気はしなかった。

「繁殖と当歳を収牧する前に朝ガイを配合してセットするから、ついて来て」

「は、はい」

「今私が言ったこと、わかるようにしてね」

チンプンカンプンだったことがバレていたようだ。

それでも、「ステーブル」が「厩舎」という意味の英語であることは、就職が決まってからのにわか勉強で覚えてきていた。

莉奈は、事務室から通路を挟んで斜め向かいの部屋に入った。

祐介がつづくと、なかでもうひとり仕事をしていた。

昨日、食堂で祐介に毒づいた男だ。せっかく気分が乗ってきたときに、嫌なやつに出くわしたと思ったら、男が帽子を取り、

「おはようございます。橋本と言います」

と祐介に挨拶し、笑顔を見せた。

昨日はたまたま虫の居所が悪かったのか。

「藤木祐介です。昨日はどうも」

と祐介が皮肉っぽく言っても、

「いやあ」

と頭をかいている。それほど悪い人間ではないのかもしれない。

同じキャップを被り、同じブルゾンを着ている橋本が、慣れた手つきで飼料をブレンドしているのを見ていると、頼もしいチームメイトのように感じられてくる。

そこに、いくつものプラスチックの桶を抱えたマルオが入ってきた。自分で「新人」と言っていたとおり、手つきが危なっかしく、大きすぎるブルゾンも似合わない。そんな彼がいてくれるだけでほっとする。

莉奈の指示に従い、祐介も飼料を配合した。「グランプリ」と商品名がプリントされた袋から、柄の付いていない杓のようなもので飼料をすくい取る。八分目ぐらいで一キロだという。同じ量の燕麦もすくい、直径五〇センチほどの飼料桶に入れて混ぜる。さらに、前夜から水でふやかしておいたビートパルプを六〇〇ccほど加え、一頭ぶんの飼料が出来上がる。これを「カイバ」と言い、朝に食わせるので「朝ガイ」というわけだ。それを入れる飼料桶はカイバ桶と呼ばれる。カイバ桶は馬房の入口のあたりに吊るすので、先に吊るすと馬が入るとき邪魔になる。そのため、まず、水を満たした水桶を奥にセットし、馬を入れてからカイバ桶を吊るす。

また、仔馬はそろそろ母乳以外からも栄養を摂らなくてはならないので、専用の飼料を与える。しかし、馬房のなかに置くと母馬が食べてしまう。そのため馬房のなかに仕切りを置いたり、仔馬だけが通路に出られるようにして食べさせるのだという。

五馬房ぶんのカイバ桶を馬房の前に置き、水桶をセットし終えると、じわっと汗が出てきた。

「じゃ、馬を入れるから、放牧地に行くわよ」

　と莉奈は「曳き手」とも「曳き綱」とも呼ばれる二メートルほどのロープを二本持ち、うち一本を自分の肩にかけた。馬たちは、よほどの悪天候でない限り、前日の昼前からずっと放牧地に出されているのだという。そして莉奈は、

「この曳き手のフックを、繁殖の無口の金具につなげて曳いてくるの」

　と厩舎の近くにいた繁殖牝馬の無口という顔に付けた細いベルトのような馬具の顎の部分に曳き手のフックを引っかけ、それをいきなり祐介に持たせた。

「え、これ、どうするんですか」

「だから、馬房まで曳いて行くのよ。曳き手は右手で持って、馬と歩くときは必ず左側につくようにね」

「いや、そんなこと言われても、あれ？」

　祐介がうろたえているうちに、母馬が自分から厩舎のほうへと歩き出した。

「もう少し曳き手を長く持って、馬から離れて。足踏まれたら痛いわよー」

「は、はい。そうだ、仔馬は？」

「私が曳いて行くから大丈夫。ほら、声をかけてあげて」

「はい。よし、帰るぞ。飯だ」

　何とか馬と歩調を合わせようとした。すると、母馬が少し首を下げて歩いてくれるようになり、祐介も楽になった。

「それは一番左奥の馬房ね。入口に『ミストラルベイ』ってネームプレートが貼ってあるから」

「どうして名前がわかるんですか」

「顔で覚えてるの。あなたもすぐわかるようになる」

通路を奥に進み、馬房の前まで来たとき、莉奈が祐介に代わって曳き手を持ち、親仔と一緒に馬房に入った。そして、

「ほら、カイバ桶をこの鎖につないで」

と天井から垂れ下がっている鎖を目で示した。

三つのフックに鎖を引っかけるのにもコツが必要だった。吊るすとすぐに母馬がカイバ桶に顔を突っ込み、飼料を食べはじめた。

「じゃあ、厩栓棒(ませんぼう)を上の一本だけ閉めて」

言われたとおり、木の棒を横に通して馬房の入口を塞いだ。

莉奈が馬房の前の通路に寝藁(ねわら)を撒き、その上に仔馬用の飼料を置いた。すると、仔馬が厩栓棒の下から出てきて、それを食べはじめた。このように、授乳期の仔馬に固形物を与えることを「クリープ・フィーディング」と言うらしい。

「出るとき、母馬から曳き手を外すの忘れないでね」

「わかりました」

「じゃあ、この要領であと三組と一頭ね。母馬と仔馬を一度に曳くやり方も教えるから、できるようにして」

「三組と一頭？」

「今年、仔馬を産んでない繁殖もいるから、それは一頭で収牧するの」

三組の親仔と一頭の繁殖牝馬を馬房に入れたときには、最初に入れた親仔が、カイバを綺麗に食べ終えていた。

空になったカイバ桶を回収し、洗って干す。

それから、食事を終えた馬たちをブラッシングする。

祐介は、最初に馬房に入れたミストラルベイの横に立った。左手を馬の肩に置き、右手に持ったブラシで背中をこすった。馬に触れている左の手のひらに、しっとりと温かく、やわらかな感触が伝わってくる。何となく、馬は彫像のようなものというイメージがあって、硬くて冷たいものだと思っていたので、意外だった。

こうして馬の体温を感じているうちに、自然と気持ちが静かになっていく。

それが終わると、仔馬の尻にペット用の体温計を入れて検温し、また別の馬房で空になったカイバ桶を回収し……という作業を五馬房ぶんこなした。

若い橋本もマルオも黙々と仕事をしている。

そのほか、命じられた雑用を片づけているうちに、午前十時近くになっていた。

「昼ガイは、だいたい十時から十一時の間にあげるようにして。要領は朝ガイと同じ。食べ終わったら、放牧場に出してあげてね」

という莉奈の指示に従い、朝ガイを付けたときと同じことを繰り返し、十一時ごろまでには、馬たちを放牧地に放してやった。このまま明日の朝まで、外に出しっぱなしにしておくのだという。

「これで午前の作業はお終い。休憩して、お昼ご飯を食べたら、また一時までにここに来て」

と言った莉奈に曳き手を渡そうとしたら、下に落としてしまった。それを拾おうとかがみ込んだとき、同じ姿勢を取った莉奈の頬が祐介の目の前に来た。莉奈が上体を起こすとき、ふわりと風が来て、甘い匂いがした。

祐介は、どぎまぎと莉奈を見ながら、驚いていた。

「どうかした?」

莉奈も少し驚いたような顔をしている。

「いや、じゃ、飯食ってきます」

と厩舎を出ても、落ちつかなかった。

莉奈から香った甘い匂いが、昨夜の夢のなかで吸い込んだ女の匂いと確かに同じだったからだ。

食堂に足を踏み入れると、出汁と醤油の焦げたような香ばしい匂いで、その甘い匂いがかき消されてしまった。

厨房の奥にあかねがいた。

「初日からゆるくないしょ」

と皿にサラダと豚肉の生姜焼きを盛りつけた。よくこぼさないものだと感心するほどの勢いで味噌汁をお椀に入れ、こちらに差し出す様子は昨日の夕食のときと変わらない。

昨日はあかねの「女」の部分を意識したことはなかった。が、あらためて見ると、メガネを取れば案外若く見えるのかもしれない。それに、割烹着の上からでもふくらみがわかるほど胸が豊かだ。

――昼間っから、おれは何を考えてるんだ。

祐介は目を閉じて頭を左右に振り、深呼吸した。

もっと若くて綺麗な女が、学生時代から周りにいくらでもいた。前の会社で付き合っていた営業企画部の女は、女性誌の読者モデルをしていたほどいい女だった。知らない間に二股をかけられていて、結局その男のもとへ行ってしまったのだが。ともかく、ここに来てからの自分はどうかしている。

食後に熱いお茶を飲んでいると、背中に何かが強く当たり、あやうくお茶をこぼして火傷しそうになった。ぶつかってきたのは同僚の橋本だった。詫びもせず、こちらに背を向けて昼飯を食べはじめた。

——そういうことか。

上司の莉奈がいるときだけ優等生を演じているのか。小学生のころ、こういうやつが確かにいたことを思い出し、その幼稚さが懐かしい気さえしてきた。

まだ時間がある。部屋に戻って、ベッドで横になった。寝てしまったときに備えて十二時五十分にスマホのアラームをセットしたとき、通話用の電波が圏外になっていることに気がついた。ワイファイがつながるので外部との連絡はＳＮＳやメールを使えばいいし、従業員同士もアプリで通話ができるので困らない。が、外界からすべてを遮断されたような物寂しさがさらに強くなった。

午後は早めに厩舎に行った。

朝と同じように長靴を消毒してから、出入口を通り抜け、放牧地に入った。気持ちのいい昼下がりだった。風がなければ汗ばむほど陽射しが強い。緑の芝と茶色い土と青い空。そこに馬がいて、のんびりと草を食べている。

祐介から二〇メートルほどのところに親仔がいて、仔馬がこちらを見ている。

「おーい」

と呼びかけてみた。

母馬は草を食べつづけているが、仔馬はこちらが気になるようで、額に小さな白い点のある顔をこちらに向けたまま、耳だけを小さく動かしている。

——あ、わかった。

あれは午前中最後に放牧に出した親仔だ。

額の白い点と、黒っぽい毛色が特徴だ。それに、特に母馬は、ほかの馬より目が離れている。

母馬はフロマージュという名で、仔馬は二〇一八年に生まれたので、フロマージュの一八と呼ばれている。

仔馬が、祐介の顔を見つめたまま近づいてきた。母のフロマージュも心配になったのか、草を食べるのをやめて一緒に歩いてきた。

仔馬は、祐介から二メートルほどのところで立ち止まった。顔の高さは祐介の胸くらい、背中は祐介の腰ぐらいしかない。仔馬は前脚を左右に大きくひろげ、下の草を食べはじめた。ときどき上目づかいにこちらの様子を窺(うかが)っている。

それを見ていた祐介の胸が、何かにぐっと押し込まれたように痛んだ。

自分でもすぐにはわからなかったのだが、仔馬が可愛(かわい)らしくてたまらず、胸が締めつけられて痛みを感じたようだ。午前中は馬を可愛いと思う余裕などなかった。

「お前、おれのこと覚えていてくれたのか」

祐介が語りかけると、仔馬ではなく、フロマージュが草をくわえた口を寄せてきた。

「どうした、何だよ」

フロマージュは、さらに一歩、もう一歩と進み、祐介を後退させた。母馬は祐介よりずっと大きい。おそらく体重は五〇〇キロぐらいある。

「そうか、仔馬を守ろうとしたんだな」

と祐介が数歩下がると、フロマージュは反転して仔馬に体を寄せ、また草を食べはじめた。

いつまでもこうして馬たちを眺めていたいが、そろそろ仕事の時間だ。

厩舎に戻ろうとしたとき、視界の端で何かが動いた。

右手の斜面の上のほうだった気がする。急角度になった芝の端に木々がびっしり生え揃い、天然の柵をこしらえている。林の向こう側には道があり、さらに右奥の病院につながっているはずだ。

立ち止まって目を凝らしたが、何も動くものは見えない。馬や、最近増えているというシカなどが通る隙間はないが、タヌキやアライグマなら出入りできそうだ。そうした小動物だったのか。

午後の主な仕事は馬房の掃除だった。敷きつめられている寝藁は、馬糞(ばふん)や尿で汚れている。それを通路にかき出し、一輪車で堆肥所に持って行く。そうして少なくなった馬房の寝藁を、ロフトのようになった屋根裏に置いてある干し草のロールから補充していく。干し草は、牧場敷地内の採草地から刈り取ったものを天日で乾燥させたもので、冬場の保存食にもするのだという。

　莉奈は、そうした指示を出すと、マルオを連れてどこかに行ってしまった。

　怪我をして放牧地に出せない馬以外の馬房で寝藁の交換を繰り返し、あと二つの馬房で終わりというところで、補充する干し草がなくなった。屋根裏に上ろうと、梯子のほうへ一歩踏み出したとき、何かが背中をかすめて、床にドーンと落ちた。直径一・五メートルほどの干し草のロールだ。

　見上げたら、屋根裏で橋本が笑っていた。

「それを探していたんだろう」

　ロールの重さは三〇〇キロ以上あるはずだ。祐介が動いていなかったら頭を直撃して、下手をすれば首の骨を折っていたかもしれない。

　胸にざらついたものが流れた。

　祐介は屋根裏にかかっていた梯子を外した。これで橋本は飛び下りるしかなくなる。

　そのくらいでやめておこうと思っていたのだが、床に乾燥した土の塊を見つけると、急に怒りがふくらんできた。祐介は、野球ボールほどのその塊を、思いっきり屋根裏に投げつけた。塊は身を乗り出していた橋本の顔に当たって、砕け散った。

口元を押さえてうずくまる橋本を見ていると、顔が熱くなって、鼓動が速まり、手がかすかに震え出した。

自分にこんな攻撃的な一面があることが意外でもあったし、衝動的に体が動いたことが怖くもあった。

ロールをほぐし、牧草を馬房に補充した。

梯子を元に戻してから、放牧地に出て馬糞掃除を始めた。

最初に悪意を向けてきたのは橋本のほうだが、自分にどんな実害があったか考えてみると、食堂でちょっと体をぶつけられた程度だ。結果として、祐介のほうが相手に大きなダメージを与えることになってしまった。

嫌な気分だった。

橋本のことだから、何か仕返しをしてくるだろう。それに自分がまたやり返せば、報復の連鎖は延々とつづくことになる。何もしてこなかったとしても、わだかまりがなくなることはない。

熊手とちりとりでかき集めた馬糞を一輪車で堆肥所に運ぶとき、厩舎を覗いた。ワイヤレスのイヤホンを付けた橋本が床に座って柱に背を預け、スマホを見ていた。

上司がいなくなると感心するくらい仕事をしなくなる人間は、前の会社にもいた。そういう人間のほうが、えてして祐介より社内での評価は高かった。だが、祐介は、彼らが自分より優秀だと認めたくなかった。だからこそ会社を辞めて起業したのだが、それにも失敗し、こうして馬糞拾いをしている。けっして嫌な作業ではない。無心でこうしていると、狭い世界での限られた評価基準による査定を気にしていたことがバカらしくなってくる。

空にした一輪車をメインストリートの路肩に置き、放牧地で馬糞集めのつづきを始めた。作業をしながら、ふと思った。

――橋本はどうして牧場の仕事を選んだのだろう。

言葉のイントネーションからすると、北海道の人間ではない。おそらく関東だ。年齢は二十代前半か。体は大きくないが、上司がいるときの機敏な動きからして、何かスポーツをやっていたのかもしれない。飼料をつくる速さや、カイバ桶をまとめて持つ慣れた手つきなどからすると、何年もこの仕事をしているのだろう。

それにしては、あまり馬が好きそうには見えない。見ている限り、馬を撫でることもなければ、言葉をかけてやることもない。

次に堆肥所と放牧地を往復したときも、まだ橋本はスマホをいじっていた。

よくもまあそんなに見るところがあるものだ、と自分のスマホを見ると、ＬＩＮＥにメッセージがあることを示す緑のランプが点滅していた。タップすると、いつの間にか自分が「繁殖」のLINEのグループトークのメンバーになっており、そこに「本日は午後四時には各自撤収のこと」と莉奈からの書き込みがあった。

あと十分ほどで四時だ。もう上がってしまおうかと思っていたら、厩舎から出てきた橋本と出くわした。

上唇が腫れ上がって紫色に変色していた。

目が合った。が、互いにすぐ視線を逸らせた。

「大丈夫か」という言葉が喉元まで出かかったのだが、呑み込んでしまった。

祐介は、目のやり場に困ったのをごまかすように、LINEのグループトークをスクロールした。莉奈の名字である「美崎」とマルオの「丸森」、そしてこの「橋本」のほかに、「安西（あんざい）」という人間が、何度もメッセージを書き込んでいる。年齢も、男か女かもわからないが、やり取りの内容からすると、莉奈に指示される側であるようだ。今日はたまたま休みだったのか。

一輪車を厩舎内の物置に戻し、軍手を外した。

こんなに体を動かしたのはいつ以来だろう。

祐介は大きく伸びをして、厩舎を出た。

三

藤木祐介が北海道虻田郡木与別町の颪死狩牧場で働きはじめてから、最初の三日はあっと言う間に過ぎ去った。

これまでのところ、一度も遅刻していないし、ひどいミスもしていない。

同じ繁殖厩舎で働く橋本との関係は相変わらずギクシャクしているが、互いに相手がそこにいないかのように振る舞っても、特に困ることはなかった。

美崎莉奈がいないときは、マルオこと丸森文男がいろいろ教えてくれた。

初日にした仕事のほか、通称「馬ダイス」、正式名称「ギシギシ」という、放っておくと高さ一メートルほどになって茎が硬化し、強い繁殖力で牧草を駆逐してしまう雑草の処理が、見た目以上に大変だった。まず、稲穂を大きくして立たせたような上部を刈り取ってごみ袋にまとめる。そこに種があるからだ。そして、鍬のような農具の刃をテコのように使って根を抜き取って捨てる。そうしないと、そこらじゅう馬ダイスだらけになってしまうのだという。馬はこれを食べないが、周辺の草を食べるので、有害な除草剤を撒くわけにはいかない。堆肥にすると、施肥したところからどんどん生えてくるので、まとめて捨てるか、燃やすしかないのだ。

電動の草刈り機を使って厩舎や事務所周辺の雑草を刈る作業は、見た目ですぐに効果がわかるので、楽しかった。

三日目に、もう後輩ができた。といっても、年齢は祐介よりずいぶん上だ。

加山(かやま)というその男は、牧場で働いていたというわりに動きが鈍かった。それに、話すときは気色悪いほど顔を近づけてきて、口臭もひどいので、祐介はなるべく目を合わさないようにしていた。

「君も、こんなところで働くなんて物好きやなあ」

胡散臭(うさんくさ)い関西弁で、わざわざそれだけを言うために、眉が薄く、脂ぎった顔をさらに近づけようとする。

祐介は、生理的にこの男を受け付けることができなかった。


日曜日の朝、アラームをオフにしていたのに、五時前に目が覚めてしまった。

——さて、今日は何をしようか。

初めての休日だった。ＬＩＮＥのグループトークにアップされたシフト表によると、今月の祐介の休みは日曜日になっていた。休日が月に四日というのは、ほかの職種と比べると少ないが、実働一日八時間と言われていたとおり、ほとんど早出や残業をすることがない。お産の季節になると二十四時間態勢で備えなければならないので変わってくるのだろうが、今はまったく働きすぎという感じはしない。

まだここに来て五日目、仕事を始めてからは四日目だ。なのに、バスで木与別に来て、優花にピックアップしてもらったのがずいぶん前のことのように感じられる。

服を着て顔を洗い、食堂でおにぎりを食べた。

いつもなら繁殖、育成、イヤリングそれぞれのテーブルに二つか三つは置かれているおにぎりが、時間が遅い今日は、祐介のひとつが残っているだけだった。

静かな朝だった。

給茶機で淹れた緑茶を飲みながら、思った。

そういえば、ここに来てから一歩も敷地の外に出ていない。

衣食住すべてこと足りているし、出たとしても、一番近いコンビニでも木与別のバス停のあたりだから、車で二十分はかかる。観光に来たわけではなく、特に行きたいところもないので、あの門から外界に出ようと考えたことがなかった。

それより、自分がここでしていることの意味をもっと深く知り、一生の仕事にできるか、そうではないかを、早くきちんと見極めなければならない。

東京競馬場の牧場ワークフェアで会った西口に、ここで一度も会っていない。寮と繁殖エリアとの往復ばかりだから仕方がないのかもしれないが、これからどんな職能を身に付けていくかを考えるためにも、じっくり話したいと思っていた。

部屋に戻って、ネットでサラブレッド生産牧場について調べてみた。東京にいたときも下調べはしたつもりだった。が、たった三日間とはいえ、実際に牧場で働いてからだと、前に見たサイトでも、ひとつひとつの言葉がまったく違って響く。

「マーケットブリーダー」と「オーナーブリーダー」の違いも、ここに来る前は、よくわかっていなかった。日本のサラブレッド生産牧場の大多数は、生産馬を売却してやり繰りするマーケットブリーダーだ。

それに対して、風死狩牧場は、生産馬をどこにも売らず、自分で所有して走らせ、レースで得た賞金だけを収入源とするオーナーブリーダーであることを知った。昨日までの三日間、祐介が厩舎に出し入れした当歳馬が将来レースに出るようになっても、そのオーナーは風死狩牧場、あるいは社長の立花初蔵のまま、ということになる。

オーナーブリーダーは、セリや、「庭先取引」と呼ばれる直接の取引で馬を購入することはあっても、売ることはない。門外不出の血統馬をつくり出し、よその牧場ではできない配合をして、最強の競走馬を生産することを究極の目標としている。ヨーロッパでは、世界的ファッションブランドの経営者や、一流ホテルチェーンのオーナー、アラブの石油王などが、サラブレッドの生産牧場と、そこを拠点に競馬に出走させる厩舎を所有し、オーナーブリーダーとして馬づくりをしている。しかし、競馬の賞金だけでは、一頭の種付料に数千万円を払わなければならないこともあるサラブレッドビジネスの収支をプラスにするのは容易ではない。数億、数十億円という投資をしても、それが結実してビッグレースを勝ち、求めていた栄誉とステイタスを得られるまで数十年かかることもある。それでも金を出しつづけることのできる資力のある者だけが、オーナーブリーダーとしての事業をつづけることができるのだ。

レースの賞金が世界一高いのは日本である。「競馬の祭典」と言われる日本ダービーの一着賞金は二億円。国際招待レースのジャパンカップや、暮れの風物詩になっている有馬記念は三億円、二着でも一億二千万円と高額だ。

それでも、純然たるオーナーブリーダーは数えるほどしかない。かつては「トウショウ」「メジロ」といった冠号を生産・所有馬に付けて走らせるオーナーブリーダーが存在したが、時代の流れとともに消滅した。今、生産馬を自ら所有して走らせる牧場の大多数が、マーケットブリーダーとして生産馬を売っている牧場である。

そんななか、風死狩牧場は、時代の趨勢とは無関係に、オーナーブリーダーとして固有の血統にこだわった馬づくりを長年つづけている、希有な生産者だ。

祐介は、何も知らずにここを選んだのだが、馬づくりに対する一徹な姿勢には、大いに賛同できるところがあった。

しかし、ネットで調べられたのは、ここまでだった。風死狩牧場は明治時代に創業された歴史を持ち、そうした昔の情報は、ネットには載っていない。

北海道立図書館や札幌の中央図書館に行けば、馬産地に関する文献や、マイクロフィルムで古い新聞記事を見るなどして、いろいろ調べられるかもしれない。しかし、どちらもここから車で片道二時間近くかかる。

どうしたものかと考えているとき、事務所の奥の会議室の書棚に、分厚い血統事典などが並んでいたのを思い出した。

事務所に行くと、ドアの鍵は開いていたが、誰もいなかった。

声をかけても応答がないので、奥の会議室に入った。書棚には、数種類の血統事典のほか、調教師名鑑や騎手名鑑、中央競馬レコードブック、東京、中山など各競馬場の五十年史や百年史、下総御料牧場史、小岩井農場史などが並んでいる。それらの上の段には、北海道開拓百年史、百五十年史、札幌市史、明治・大正時代の古地図などがあり、隣に便覧のような体裁の『風死狩牧場史』が十冊ほど置かれている。

その一冊を取り出し、パイプ椅子に腰掛け、長机で読みはじめた。

風死狩牧場は、明治三十（一八九七）年に石川県から北海道に入植した立花嘉右衛門が、この地に開場した。長男の善太郎が、大正十二（一九二三）年、官営の新冠御料牧場から「豪サラ」の種牡馬と繁殖牝馬の払い下げを受け、競走馬の生産を開始した。豪サラというのは、競走馬や種牡馬、繁殖牝馬にするためオーストラリアから輸入された、おそらくサラブレッドと思われる品種なのだが、血統書が付いていなかったため「サラ系」と分類された馬のことだ。サラ系に、七代つづけてサラブレッドを交配すればサラブレッドと認められる国際ルールがあるのだという。

牧場を大きく発展させたのは三代目の源太郎で、風死狩村の村長をつとめたこともあったという。やはり、ここは村だったのか。

現社長の立花初蔵は四代目で、一九五三年生まれと記されている。猿のような身のこなしを見せていたが、誕生日が来ていれば六十五歳だ。

風死狩牧場の生産・所有馬は、昭和中期までは「五大クラシック」と呼ばれる皐月賞、日本ダービー、菊花賞、桜花賞、オークスに、春秋の天皇賞と有馬記念を加えた「八大競走」を制したこともある名門だった。

勢いが衰えたのは、一九八〇年代から九〇年代初頭にかけてのバブル期だった。円高を背景に世界中から超良血の種牡馬と繁殖牝馬が輸入され、日本の生産界の血が一新された。多くの生産者が新たな血にシフトし、古い血脈が淘汰されていくなか、風死狩牧場は、創業以来、ここで血をつないできた繁殖牝馬の一族を発展させることを主眼とする姿勢を変えなかった。

サラブレッドは、母親が同じ場合のみ「きょうだい」と言う。人気種牡馬は年に百頭、二百頭に種付けするので、同じ父を持つ同世代の馬は数多く生まれる。それに対し、牝馬が産むのは年に一頭だけだ。「きょうだい」と同様に、「近親」「おじ」「おば」などの表現も、母系の血がつながっているときのみ使われる。これも万国共通のルールだ。

　世界的な規模のオーナーブリーダーは、自家生産の牝馬に外部の種牡馬を配合し、近親交配を避けながら新たな血を投入し、また牝馬を生産すると、その馬にも優秀な種牡馬を配合し、優れた繁殖牝馬をつくっていく。その牝馬の産駒（さんく）、つまり、その牝馬が産んだ馬でビッグレースを制することが目標なのである。

　であるから、オーナーブリーダーは、よその牧場にはない、オリジナルの繁殖牝馬の血脈を大切にしている。そうした繁殖牝馬の系統を「牝系」と言う。

　日本では、明治四十（一九〇七）年に岩手の小岩井農場がイギリスから輸入し、子孫にメジロマックイーン、スペシャルウィーク、ウオッカ、メイショウサムソンといった名馬が数多くいる「小岩井の牝系」が知られている。

　風死狩牧場がつないできた牝系も、小岩井ほど多くの活躍馬こそ出ていないが、歴史の古さにおいてはそう変わらない。

『風死狩牧場史』の巻末に、「風死狩の牝系」というタイトルで、大正時代から数頭の繁殖牝馬が十数代を経て現在の競走馬につながっている系図が載っている。

　驚いたことに、今ここにいる二十頭の繁殖牝馬は、すべて、大正時代に新冠御料牧場から払い下げられた牝馬の血を受け継いでいるという。

牝系は「畑」で、種牡馬は文字どおりの「種」だ。風死狩牧場の立花一族は、大正時代から百年近くにわたって、この畑を耕しつづけてきたのだ。

——す、すげえ。

祐介は、興奮を通り越して、感動に近い気持ちを抱いていた。

と同時に、何か引っ掛かるものを感じていた。

もう一度『風死狩牧場史』を最初から見直して、思い当たった。

——そうか、祖父(じい)さんの写真だ。

ブルゾンのポケットから財布を出した。カードポケットに、ビニールの小袋に入れた祖父の写真が入っている。写真の裏には「藤木嘉助　北海道新冠御料牧場にて　昭和十五年六月」と、おそらく祖父自身のものと思われる筆跡で書かれている。

写真のなかの祖父は、軍服を着て、馬上で静かにこちらを見つめている。

その祖父が踏みしめた大地で育った馬の血が、ここにいる馬たちの体内に流れているのだ。自分と風死狩牧場には、時空を越えた接点があったのだ。

そう考えると、胸の鼓動が速まり、全身が熱くなった。

今の今まで、自分はたまたまここで働くようになったと思っていた。が、そうではなく、ひょっとしたら、祖父が導いてくれたのかもしれない。

都合のいい考え方かもしれないが、自分がサラブレッドという生き物を好きになり、馬の生産に興味を持ちはじめていることも、ここに来たことが単なる偶然ではなく必然だったことを示しているように感じられた。


気がついたら十二時を過ぎていた。

寮に戻ると、いつも静かな食堂が、珍しく騒がしかった。

配膳台の斜め上に設置された大型テレビに馬が映っている。競馬専門チャンネルの実況中継番組だ。

上原(うえはら)という育成厩舎長と村井優花を含む育成スタッフ三人、イヤリングの莉奈に似た雰囲気の女性スタッフと、初めて見る若手スタッフ、そして獣医のマルオが、それぞれのテーブルから画面を見上げている。

マルオは、あんかけ焼きそばに箸の先を差し込んだまま、口を半開きにしてテレビに見入っている。

祐介もあかねから山盛りのあんかけ焼きそばを受け取り、マルオの隣に座った。

「何見てんの」

「う、うちの馬が走るからさ」

とマルオが答えると、祐介と同世代の育成スタッフが補足した。

「二枠三番のノードストームというのがそうだ」

「き、騎手が黒い帽子を被っているのが二枠だからね、うん」

「ジョッキーが着ている勝負服は、その馬のオーナーによって決まるんです。うちの所有馬は、黒い地で、胴に赤い太線が入っているから目立ちますよ」

と若い育成スタッフが横目で言った。祐介が競馬に関してド素人だということはみなわかっているらしい。

背後で椅子を引く音がした。何と、上司がいないとろくに仕事をしない橋本まで、レースを見に来たのだ。

育成のテーブルに、もうひとり若いスタッフが加わり、五人になった。

ファンファーレが鳴り、画面にレース名が映し出された。

二歳新馬戦が、東京芝一八〇〇メートルのコースで行われるようだ。

出走馬十六頭のゲート入りが始まった。ノードストームはすんなりとゲート内におさまったが、嫌がって入ろうとしない馬がいて、時間がかかっている。

「ノードは単勝十七倍の五番人気か。評価低いな」

育成スタッフのひとりがスマホに目をやって呟いた。

全馬がようやくゲートに入った。

ゲートが開いて、出走馬がコースに飛び出した。

ノードストームは、少し立ち上がるような格好になり、出遅れた。

「げ、ゲート入りの悪い馬がいて、な、なかで待たされたからね」

そう言ったマルオの手元のスポーツ新聞の出走表を見ると、ノードストームの馬名の下の、記者が予想の印を付ける欄には「△」や「×」がいくつか付いている。その下の騎手欄には「平井」と記されている。

ノードストームは、十六頭の出走馬の最後尾につけている。

〈先頭から最後方まで十五馬身ほどの縦長になりました〉

実況アナウンサーが早口で言った。「一馬身」は馬一頭分の長さだという。確かに、先頭からノードストームまではそのくらい離れている。

それはいいのだが、あんなに後ろにいては、勝負にならないのではないか。

十六頭は「向正面（むこうじょうめん）」と呼ばれるバックストレッチ、つまり、スタンドとは反対側の直線コースを走っている。やがて出走馬は、左コーナーへと進入していく。それが第三コーナーで、スタンド前の直線に入ってくる最終コーナーが第四コーナーだ。

〈三、四コーナー中間の勝負どころで、人気のシアーソングが上がってきた！〉

その実況に合わせるように、ノードストームもポジションを上げた。それでもまだ先頭から大きく遅れている。

「まだまだ」

イヤリングの女性スタッフが、見かけに似合わぬ太い声で言った。

先頭の馬が直線に入った。ほかの馬が、外から覆い被さるようにラストスパートをかけ、加速する。

ほとんどの騎手が大きく手を動かしているのに、本命の「◎」印がズラリと並んだ六番のシアーソングの外国人騎手と、その二馬身ほど後ろにいるノードストームの平井騎手は、手綱をしっかり持ったままだ。

〈ラスト四〇〇メートル標識を通過。ここでシアーソングが一気に先頭をとらえにかかった！〉

ノードストームはしかし、前方をほかの馬に塞がれ、抜け出せずにいる。万事休すか、と思われたが、前で壁になっていた馬がフラついて、壁に隙間ができた。

「今だ！」

イヤリングの若手が大きな声を出した。

ノードストームは、その細い隙間をこじ開けるように伸びてきた。

「よし、来い！」

中堅の育成スタッフが拳でテーブルを叩いた。

「来い、来い、来い！」

優花と若手スタッフが立ち上がって、足を踏みならす。

「かわせ、かわせ！」

中堅の育成スタッフの大声に応えるように、騎手のアクションが大きくなり、右手に持った鞭を振るう。

ノードストームは、一歩、また一歩とストライドを伸ばす。前を行くシアーソングとの差が少しずつ縮まって行く。

「いいぞ、頑張れ」「来い！」「ノード、ノード！」「平井！」「追えーっ！」

いつの間にか、あかねも厨房から出て叫んでいる。

実況の声も、歓声のボリュームもさらに高まる。

〈粘るシアーソングにノードストームが迫る。一完歩ごとに差は詰まる！ その差は一馬身、半馬身……〉

ノードストームが外からシアーソングに追いつき、並びかけたところがゴールだった。

勝ったのはシアーソング。ノードストームは首差の二着だった。

祐介は、自分が声を出したのかどうかもわからず、気がついたら立ち上がって、マルオの新聞を握りしめていた。

勝った馬の首筋を外国人騎手が軽く叩いてねぎらう姿が大映しになると、食堂にいた全員が一斉にため息をついたような感じがして、祐介はすとんと椅子に尻を落とした。

イヤリングの女性を含む何人かが食堂を出て行った。

「で、出遅れたぶんの負けだね」

マルオが言うと、祐介に馬名を教えてくれた育成スタッフが苦笑した。

「それも競馬だ」

「う、うん。そうだね」

育成厩舎長の上原と優花たちは、黙ってあんかけ焼きそばを食べはじめた。

あれだけ必死に応援していた馬が負けたのに、みなずいぶんあっさりしている。

祐介は、子供のころから勝ち負けに執着するほうではなかった。ここに就職したのも、生産馬が勝つ喜びを味わいたいから、というわけではなかった。

なのに、自分でも不思議に思うくらい、今は悔しい。

あんかけ焼きそばに箸をつけた。まだ少し興奮して手が震えている。

思ったほど冷めていない。相変わらず、あかねの料理は美味い。

ノードストームの新馬戦の出走表をもう一度眺めた。

馬名の右に小さく書いてあるのが父の名で、左に母の名が書いてある。

そこに「フロマージュ」と記されていることに気づき、小さく声が出た。

「ど、どうしたの」

と驚いたような顔をしたマルオに言った。

「ノードストームのお母さん、あのフロマージュなんだね」

「そ、そうだよ。うちの競走馬は、み、みんな、ここにいる繁殖から生まれたやつだからね。今いる当歳は全弟だよ」

「ゼンテイ？」

「お、お母さんだけが同じだったら、半兄とか半弟、半姉、半妹で、お父さんも同じだったら、そう言うんだ」

「なるほど。あのチビちゃんも将来のアスリートなんだね」

以前からここで働いている者たちにとっては言わずもがなのことだろうが、それが祐介には新鮮に感じられた。

今日出走する風死狩牧場の生産馬はこれだけだという。

みな、食事を終えると、そそくさと出て行く。祐介はもう少しレースの余韻に浸っていたかったのだが、マルオまで、どたどたと走って行った。

残されたのは祐介だけになった。

「なしたの、ボケーッとして」

厨房の配膳台からあかねが顔を覗かせた。

「いや、休みをもらったんだけど、何をしたらいいかわかんなくて」

「まあ、贅沢(ぜいたく)な悩みだこと。したっけ、めんこい馬の仔っこ見てんのが、一番いんでないかい」

「うん、そうしようかな」

言われて気づいたのだが、今はとにかく馬と一緒にいたい気分だった。
ちょうど面倒な新入りの、口の臭い加山が食堂に入ってきたので、彼を避けるように外に出た。

繁殖の厩舎へと歩きながら、何か、それまでと牧場の雰囲気が違うように感じていた。大正時代から守ってきた血脈の尊さを知った驚きと、ほかの従業員との一体感を感じながらレースを見た興奮、そして、今も胸にわだかまる悔しさのせいだろうか。

繁殖の厩舎では、ゴーグルとマスクをしたマルオが、汚れた寝藁をかき出す作業を始めたところだった。橋本はあくびをしながら一輪車を押している。

祐介は、厩舎を抜けて放牧地に出た。

まず、フロマージュの親仔を探した。いつも厩舎からそう遠くないところにいるので、すぐに見つかった。

鞍をつけて人を乗せ、何万人も観客が入ったスタンドの前を疾走する競走馬となったノードストームが、二年前の今ごろ、ここで母親に甘えながらのんびり草を食べていたのかと思うと、不思議な気がした。

仔馬がこちらを見ている。初日はフロマージュにガードされて仔馬に触ることができなかった。が、昨日はここで仔馬を撫でても、押し退けられなかった。母仔ともに、少しは祐介を信頼してくれるようになったのだろうか。

親仔のほうへ歩きながら、牧場全体の雰囲気がおかしい理由のひとつがわかった。カラスが多いのだ。厩舎を背にして左側の斜面の頂上の林に、十羽、いや、二十羽以上のカラスが集まり、ときどき騒がしく鳴いている。

以前、カラスが農場の豚の背に止まり、くちばしでその背を突っ付いて、生きた豚の肉を食べている映像を見たことがあった。

さすがに俊敏な馬は大丈夫だろうが、それでも気持ちのいいものではない。

――ん、あれは何だ？

カラスが騒いでいる木の根元のあたりから、黒っぽい石のようなものが斜面を転がり落ちてきた。直径は三〇センチ以上ある。ときどき地面に弾かれるように跳ねながら、勢いを増している。

馬にぶつかる心配はなさそうだが、間違えて踏んづけて、脚をひねったら困る。

斜面を転がってきた黒い塊は、フロマージュ親仔と祐介の、ちょうど真ん中あたりで止まった。

祐介は、その塊に近づきながら、妙な胸騒ぎを覚え、一度立ち止まった。

――いや、まさか。

と、また歩き出したが、五メートルほどまで近づいたところで、膝が震え出した。

一歩、二歩と踏み込んで、塊を覗き込んだ祐介は、腰を抜かした。

塊は、人間の頭だった。

皮膚は茶色く変色し、眼球はえぐられ、口をあけて歯を覗かせている。

「あ、あ、ちょ、ちょっと……」

大声を出したかったが、地面に尻をついたまま、腹に力が入らなかった。

振り返りたくても、目がその顔に吸い寄せられて、首が動かない。

不意に、大きな影に覆われた。

フロマージュが祐介の頬に鼻先を寄せてきた。仔馬もすぐそこにいる。

どのくらいそうしていただろう。

人の声で我に返った。

「何してるんだ」

馬糞掃除の熊手とちりとりを持った橋本が見下ろしていた。

「あ、あ、あれ」

祐介は、自分の足の先にある人間の頭を指さした。

それに気づいた橋本は、少しの間、固まったようにその頭を見つめていた。そして、
フロマージュと当歳を離れたところに連れて行き、厩舎へと走って行った。

しばらくすると、後ろから、強い力で抱え起こされた。

「ふ、藤木さん、だ、大丈夫?」

マルオだった。

「あ、いや、立てなくなっちゃって。ありがとう」

「は、橋本君が言ってたけど、あ、あれは、本当に人の頭？」

「だと思う。その斜面の上から転がってきたんだ」

と答えた祐介の背中をさすってから、マルオは頭に近づき、手が届くほどの距離から吟味しはじめた。さすがに獣医だけあって、解剖などの経験があるのか、気持ち悪がっている様子はない。自分の顔を、左頰を地面につけた死体の顔と同じ角度にして、しばらく見ていた。

「や、やっぱり、安西さんだ、うん」

と声を震わせたマルオの目から涙があふれてきた。

「知り合いなのか」

「う、うん。ぼくの先輩で、こ、こないだまで一緒に働いてたんだ」

マルオがそう言うのを聞いて、ＬＩＮＥのグループトークに「安西」という名前があったことを思い出した。

「この厩舎にいた人か」

「そ、そうだよ。ぼくが来て一週間ぐらいでいなくなっちゃったけど、す、すごく親切にしてくれたんだ」

マルオはブルゾンを脱ぎ、それを安西の顔にかけてやった。

祐介は手を合わせて、盛り上がったブルゾンに礼をした。

恐ろしい変死体も、人格が見えてくると、そこに尊厳を感じるようになる。

気がついたら、隣でマルオも同じように手を合わせていた。


警察の事情聴取を受け、合間に立花と莉奈に状況を説明し、それから安西の頭が転がり出した林の実況見分に立ち会った。

木々の間に安西の首から下がうつ伏せになっていた。四日前、このあたりで何かが動いたように見えたのは気のせいではなかったのだ。

大きく張り出した枝にロープがかけられ、輪がつくられていた。そこからも鑑識がピンセットで人体の組織の残骸を集めている。

安西はここで首を吊り、何かの拍子に首がちぎれて、頭だけが斜面を下に転がって行ったようだ。

少なくとも死後五日は経っているという。

寮の安西の部屋も警察に調べられた。

部屋番号は「２１４」。祐介の部屋の西隣だった。

二週間ほど前から行方がわからなくなっていたというから、祐介が隣に来たときにはすでに空室だったということだ。どうりで、静かだったわけだ。

警察は、安西のパソコンやノート、バッグなども証拠として持って行ったが、はなから自殺と決めつけているような感じだった。

「仏さんの静かさでわかるんです」

ベテラン刑事がそんなことを言っていたが、自分たちのおざなりな仕事ぶりを正当化しているだけのようにも聞こえた。

警察が引き上げたときには夕刻になっていた。

「どないして生首が落ちてきたんや」

と新入りの加山はしつこく祐介に訊いた。

何度答えても繰り返し同じことを訊くので、腹が立って席を立つと、

「お前が怪しいんちゃうか」

と言われ、胸ぐらをつかみそうになった。

「あんた、いい加減にしろよ」

「おお怖っ。わてまで殺さんといてやァ」

と自分の首を絞める仕草をし、白目を見せる。さらに、

「やっぱりここはおかしいんや」

と、別の人間をつかまえては、また同じ話を繰り返す。

さすがに夕食を食べる気にはなれなかったが、マルオが、安西の頭にかけてやったブルゾンを着たまま鮭の塩焼きを食べているのを見て、気が変わった。

やはり、あかねの料理は美味かった。

翌日、警察から安西の死を自殺と断定したと連絡があった。パソコンに遺書めいたものがあり、SNSへの書き込みや、友人へのメールにも、仕事と人間関係に悩み、人生に悲観したような内容がつづられていたという。

四

藤木祐介が、かつての厩舎スタッフ、安西の死体を見つけた翌日、繁殖厩舎にまた新人が入ってきた。今江(いまえ)という、祐介より年下の男だった。ほかの牧場で勤務経験があるという彼は、二日前に加わった加山と違い、一見してプロとわかる働きぶりだった。性格も明るく、人懐っこい若者だった。

厩舎長の美崎莉奈、獣医のマルオこと丸森文男、橋本、祐介、加山、そして今江と、繁殖のスタッフは六人になった。六人で二十頭の繁殖牝馬と、それぞれの産駒(仔馬)を世話するというのは、人数的に余裕があるように思われるが、莉奈とマルオは厩舎作業をほとんどやらない。だから、橋本、祐介、加山、今江の四人で二十頭と仔馬たちの面倒をみるわけだが、橋本はいい加減だし、加山は役に立たないので、祐介と今江の負担ばかりが大きくなった。

祐介が働きはじめて二週間ほど経ったとき、ある「異変」に気がついた。

最初のうちよく食堂で一緒になった、五十代の夫と三十代の妻とおぼしき夫婦を、このところ見かけないのだ。

また、若い育成スタッフのひとりも、先週のなかごろから顔を見なくなった。祐介が初めて食堂のテレビで競馬を見たとき、風死狩牧場所有馬の勝負服を教えてくれたりと、親切で、明るい青年だった。

「なあ、マルオ君。サラブレッドの牧場って、どこもこんなに人の出入りが激しいものなのかね」

　食堂で夕食を食べながら、祐介が訊いた。

「ど、どうかなあ。仕事がきついから、し、仕方ないいんじゃないかな、うん」

　そこに加山が割り込んできた。

「だから言うたやんか。ここはおかしいんや。噂(うわさ)はホンマやったんや」

　祐介は無視してマルオに言った。

「確かに、一日が終わるとヘトヘトになるけど、この寮は飯が美味いし、部屋も広いし、温泉と、ちょっとしたトレーニングルームまであるから、ぼくみたいな素人でも、逃げ出そうなんて気にはならないけどなあ」

「藤木さん、ここに来てどのくらいになるんですか」

　今度は今江が話に入ってきた。

「二週間ちょっとかな」

「牧場の外に出かけたこと、あります？」

「そういえば、ないな。東京ではペーパードライバーだったから、こっちでも運転したいと思わないし、そもそも出る用事がないからね」

「こんな辺鄙(へんぴ)なところにこもって、大丈夫ですか」

「おれにしてみると、引きこもってる感じがしないんだ。これだけ毎日何時間も屋外にいるのは子供のころ以来だからね」

「実は、ぼくも、ここに来てから一度も外出していないんです」

「別にいいんじゃないの」

祐介が言うと、今江は声をひそめた。

「自慢できることじゃないんですけど、ぼく、前の牧場にいたときは毎晩飲み歩いて、何人もの女の家をはしごしていたんです。ろくに仕事はしないいし、悪い病気はもらうしで、しょうもないやつだったんです」

確かに、中性的な、モテそうな顔をしている。が、祐介の知ったことではない。

「更生できてよかったじゃん」

「いや、実は、ここに来たのも、婚約者の命令というか、結婚の条件なんです。彼女は室蘭の旧家の長女で、親父(おやじ)さんは個人馬主として競走馬を何十頭も持っている資産家だから、逆らえなくて」

「逆らってもいいんじゃないか」

だんだん答えるのがバカらしくなってきた。

「ダメです。ぼくの生まれた家はすごく貧しくて、こんな生活は嫌だとずっと思いながら、彼女みたいな女性との出会いを待っていたんです」

「ずいぶん他力本願だね」

「そう言いますけど、今から、競走馬三十頭と、全国十数カ所にマンションと別荘、外車十数台と、二十億円以上の有価証券を自力で手にすることができますか」

「そりゃ無理だわな」

「彼女が泣きながらぼくのことを親父さんに言ったら『風死狩牧場に入れてしまえ』と言われたらしいんです。そうしたらおとなしくなる、と。ここはそういうパワースポットらしいんです。親父さんは、風水とか、そういうのを信じている人で……」

話が妙な方向に行き出した。

「外出欲を奪うパワーを持った場所なんてあるのかね」

「ぼくもよくわからないんですけど、この土地が選んだ人間を縛りつけておく力、という意味のような気がするんです。だって、塀に有刺鉄線が張られていたり、監視塔がある牧場なんて、ほかにないですよ。それをわかっていても、こうしてなかにいると違和感を感じなくなってしまう。それもパワーだと思うんです」

「そうや、パワースポットなんや。ここには魔物がおるんや」

と頷きながら、加山が席を立った。

いつの間にかマルオもいなくなっていた。

祐介も、もう部屋に戻りたかったのだが、今江は真剣だった。

「藤木さん、どう思います？　ぼくは、自分を封じ込めようとする力への恐怖心で動けなくなっている感じなんです」

「それは、さんざん遊んで裏切ってきた彼女への罪悪感から来てるんじゃないのか」

「いや、この土地のパワーで性欲まで封印されているみたいに感じるんです。藤木さんはどうですか」

初日の夜に見た、みどりかあかねに股間を触られた夢を思い出した。

「おれはちょっと違うなあ。ちゃんとそっちの欲求はあるみたいだよ」

「そうですか」

今江は気の毒なくらいうなだれた。


育成とイヤリングにも新人が来た。

育成の新人は、二人のインド人だった。近年、どの牧場も育成スタッフが足りなくて困っている。ゼロから馬乗りを教えると、戦力になるまで四、五年かかるのだが、競馬発祥の地であるイギリスの植民地だったインドには、馬に乗れる者が多い。牧場にとって、ありがたい即戦力だ。腕がいいうえに真面目なので、彼らは歓迎されている。彼らにとっても、給料が自国の三倍ほどの日本で働くことは大きな魅力だ。そのため、日高の馬産地ではインド人が急増している。浦河町などは、人口が一万二千人ほどで、インド人が百二十人ほどいるというから、百人にひとりはインド人ということになる。

二人ともさほど若くはない。祐介と同じくらいか、少し上だろう。言葉の問題もあるためか、ほかの日本人スタッフと打ち解けていないように見えるが、いつも黙々と仕事をしている。

イヤリングの新人は、四十歳前後で、黒縁のメガネをかけた、体格のいいラガーマンのような男だった。見るからに自信満々で、やたらと声が大きい。食堂で同じテーブルの者に話していても、それをほかの者たちも聞いているのが当たり前といった調子で、自慢話ばかりしている。つい先日も、はた迷惑な「独演会」をしていた。

「前の牧場に、何人も振り落とした札付きのワルがいたんだよ。育成馬。そういうやつはどうしたらいいかわかるかい？　何回でも投げ飛ばされてやればいいんだよ。馬のほうだって、乗せては投げ、乗せては投げと繰り返しているうちに、ほら、おれはこんな体だろう？　身長一八五センチだよ。だから、疲れちゃうんだよな、馬のほうがさ。それでお終い、ジ・エンド。次の日からは、もう借りてきたネコだよ。この大きなおれを乗せて、暴れて、自分でバテてるんだから、笑っちゃうよ。なあ、麻衣ちゃんも育成にいたことあるんだろう」

　男がイヤリングの莉奈に似た女に呼びかけたことで、彼女が「麻衣」という名だとわかった。麻衣は答えずに箸を動かしている。

　この男は体が大きいことが自慢で、それを口に出すことさえできれば、話が相手に届いて理解されているかはどうでもいいらしい。

「おれの感性に訴えかけてくる馬に出会いたいね。それを見つけるのもまた、おれの感性なんだよな」

　話している当人以外には無関係の話を延々とつづけている。

　そのときだった。

　祐介の隣にいた橋本がぼそっと言った。

「くだらねえ。そもそも『おれ』って誰だよ」

　男が話をやめて、こちらを見た。

　祐介と目が合った。

　橋本の言葉を、祐介が発したと勘違いしたのか。

　いや、男は、橋本が配膳台に食器を下げて出て行くところを目で追っている。橋本が言ったとわかっているようだ。

「毒をもって毒を制す、やな」

と加山が、また顔を近づけてきた。

祐介は加山の口臭をかがずに済むよう息を止め、席を立った。


ここに来た人間は、祐介自身を含め、過去の失敗を引きずっていたり、癒え切らない傷を胸に抱えている者がほとんどであるような気がした。

今江もそうだった。彼は、毎朝必ず祐介の部屋に来て、起きているか確かめるようになっていた。理由を訊くと、

「いつも藤木さん、眠そうだから」

と笑った。起きたらまず祐介の部屋のドアをノックし、それから自分の朝の準備をする。そういうことを、相手に「お節介だ」とか「重い」と感じさせずにやってしまうのだ。何人もの女が母性本能をくすぐられるのもわかるような気がした。

「藤木さん、ここの従業員の死体の第一発見者だったんですよね」

放牧地で繁殖牝馬を曳きながら、今江が言った。

「ああ、そこの斜面から、生首が転がってきて、腰を抜かしたよ」

「そのとき、疑われなかったんですか」

「いや、すぐに自殺だって断定されたから。まあ、確かに、第一発見者が実は犯人だったってパターン、ドラマなんかでは多いよな」

「実は、ぼく、前の職場で、別の牧場の一家心中の第一発見者になったことがあるんです。そのとき、心中に見せかけた強盗殺人の可能性もあるって疑われて」

と今江は牝馬から曳き手を外した。

「疑われるようなことをしてたんじゃないのか。そこの娘に手を出したとか」

祐介が冗談めかすと、今江は真顔で首を横に振った。

「違います。車を運転しているとき、その牧場の家のカーテンの隙間から首を吊っているのが見えたから、通報したんです。でも、あんな遠くから見えるわけがない、って警察に言われて」

「本当に見えたのか」

「はい。部屋に灯がついていたから、はっきり見えたんです。警察ってバカだなと思いました。その家から金がなくなっていたのも怪しいって言ってたんですけど、金がないから首を吊ったわけでしょう」

そう言って顔を歪める彼は、別人のように見えた。

幼児期の育ち方などに起因しているのかもしれないが、精神的に自立し切れていないので、いつも誰かに依存してしまい、それが彼特有の人懐っこさとして映るのかもしれない。

莉奈とマルオがしばしば厩舎を長時間離れる理由がほどなくわかった。牧場内の馬の診療所で、診察や処置をしていることが多いのだ。莉奈も、マルオと同じ国立大学出身の獣医師なのだという。

門の脇に建つ監視塔の向かいにある、飼料庫の隣の四角い建物が馬の診療所だということを、祐介はずっと知らずにいた。

マルオからＬＩＮＥのグループトークで、厩舎の物置にある生理食塩水の入った段ボールを持ってくるよう頼まれて、初めて診療所に入った。

二重になった扉から入ると、逆さになった馬が四本の脚を上にして天井から吊るされ、背中をベッドにつけていた。

斜め上から、角度を変えられる丸形のライトが白い光を馬体に当てている。

莉奈もマルオも青緑の手術衣を着て、同じ色の帽子を被り、マスクをしている。仰向け（あおむ）けになった馬のお腹は縦にひらかれ、内臓が見えていた。

ここは手術室で、奥の仕切りの向こう側に、診察や簡単な処置をするスペースがあるのだという。

「丸森先生、麻酔、気をつけてください」

手袋をした手で馬の腸らしきものを持ち上げた莉奈が言った。

「はい、追加しました」

と答えたマルオは祐介に、

「生理食塩水、そこに置いといてください。患部を洗浄するとき使うんです。重いのにありがとう」

と、つっかえることなく言い、にこりとした。

隣の処置室のさらに奥、つまり、独身寮側には入院馬房があるという。普段は虫などが入らないよう、前の出入口を閉めたままにしてあるので、気がつかなかった。

手術が終わったあと、麻酔から醒めて入院馬房に移された馬の様子を見に行くので、祐介もどうかとマルオが声をかけてくれた。

その馬は、まだぼんやりと眠そうだったが、あれだけ大きくお腹を切ったのに、もう立っているのが不思議だった。

「こ、この馬は疝痛を起こしたから、しゅ、手術したんだよ」

またいつもの話し方に戻っていた。

「センツウって？」

「ふ、腹痛のこと。馬は、そ、草食動物だから腸が長くって、食べたものが詰まったり、腸がねじれたりと、疝痛を起こしやすいんだよ」

「どうして疝痛ってわかるの」

「カイバを食べなくなったり、お、お腹を気にする仕草をしたりするのを、一緒にいる人間が気づいてあげるんだ。藤木さんもすぐわかるようになるよ」

　隣の診察室には大きなレントゲンやエコーやトレッドミルのようなものなどがあり、隅にデスクがあった。マルオはパソコンにレントゲン写真を表示させた。

「こ、これは股関節。座骨に亀裂が入ってるの、わかるかな」

「いや、わかんないなあ」

　マルオは別のレントゲン写真を表示させた。

「これは球節(きゅうせつ)。う、馬の脚の下のほうの丸くふくらんでるところ」

「うん、わかるよ」

「み、右前脚なんだけど、内向してるせいでここに負担がかかって、ボーンシストっていう空洞みたいのができたから、スクリューを入れて固定したんだ」

　と、処置を進めながら撮影した画像を見せてくれた。

「この画像、ミストラルベイの二〇一七って書いてあるけど、イヤリングにいる一歳馬のこと？」

「そ、そうだよ」

　祐介がいつも世話をしている仔馬のお兄さんだ。

「こんな若いうちから、ずいぶん思い切った手術をするんだね」

「う、馬は走るのが仕事だから」

マルオは冷蔵庫から缶コーヒーを出してくれた。

「ありがとう。気を悪くしないでほしいんだけど、マルオ君、手術のときになると話し方が変わるんだね」

「あ、ああ。つ、つっかえなくなる」

「自覚してるんだ」

「ち、小さいころから、す、すごく緊張したり、ギリギリまで追い込まれると、つっかえないみたいなんだ」

「普通、逆じゃないの」

「そ、そうだよね」

とマルオは目をしばたたかせた。

祐介が風死狩牧場に来てから三週間ほど経ったとき、今江と一緒に牧場事務所に呼び出された。朝の厩舎作業の途中だった。

少し遅れてマルオも来た。

しかし、事務所には誰もいなかった。どうしたのかと思っていたら、車寄せでクラクションが鳴った。

「今回はこの三人だね。乗って」

みどりがシルバーのメルセデスベンツGクラスの運転席から顔を出した。ポロシャツがはち切れそうなほど二の腕が逞しい。

頑丈なオフロードタイプの大型車が、意外なほど彼女にマッチしていた。

「ど、どこ行くんですか。ぼく、ご、午後から手術があるかもしれないんだけど」

助手席に座ったマルオが訊くと、みどりは、

「大丈夫。莉奈にも伝えてあるから。どうしてもあんたが必要になったら、途中で抜ければいいいじゃない」

と、結局、行き先は答えなかった。

Gクラスは門から外へ、滑るように巨体を動かした。

祐介は後部座席の窓を開け、三週間ぶりに外の空気を吸った。

「どうだ、娑婆の空気は」

今江に訊くと、

「塀のなかと変わらないですね」

と苦笑した。

車は木与別町を出て、国道二三〇号線を北東の札幌方面に向かっている。つい三週間前、バスでこの道を逆方向に走ってきたのが遠い昔のことのように感じられた。

みどりが飛ばしたので、一時間半ほどで目的地に着いた。

そこは札幌の北海道警察本部だった。

祐介たち三人は、そこで猟銃所持のための初心者講習会を夕方まで受講した。申請はみどりがあらかじめ済ませておいたという。

その後も二度、牧場と警察を行き来してから、エアライフルを支給された。費用はすべて牧場が負担した。

エゾシカは放牧地の草を食うし、特に雄のシカはツノで馬や人に怪我をさせることもある。キタキツネは糞害が深刻で、さまざまな病気を媒介する。カラスは放牧地に置いた馬の配合飼料を食うので、これも追い払わなければならない。

厳密に言えば、北海道から狩猟許可を得なければ、そうした害獣を駆除することもできないらしい。が、あくまでも「追い払う」ことを目的として撃った結果、意図せず殺してしまう場合もあるので、取締りの対象になることはまずないという。

祐介は一度もエアライフルで害獣駆除をしなかった。マルオも、撃っているところを見たことがない。ただひとり、今江だけはひどくエアライフルが気に入ったようだ。頼まれなくても毎日シカやキツネを撃ちに行くようになっていた。ほどなく狩猟免許を取って狩猟者登録を済ませ、口径が大きく、破壊力の強いエアライフルを新調し、厩舎にも持ってくるようになっていた。暇さえあれば手入れをし、ピカピカに磨いている。

今江は、エアライフルに夢中になり出してから、以前のように婚約者の父親の資産や、パワースポットがどうのという話をすることがなくなった。

仕事はこれまでどおりこなしているのだが、何となく危なっかしいところがあるだけに、銃器への傾倒ぶりが、祐介には気がかりだった。

七月になっても、人の出入りの激しさは相変わらずだった。

育成の吉田（よしだ）という、祐介に親切にしてくれた若者がどうしているのか心配だった。イヤリングにいた夫婦らしき二人も、荷物を置いたまま消えたらしい。

さらに、二人のインド人も揃っていなくなり、体と声の大きいイヤリングの大根田（おおねだ）という男の姿も見かけなくなった。

「おっそろしいなあ。気いつけなあかんわあ。なあ藤木君」

加山が嬉しそうに近づいてきた。

「どうやって気をつけるんですか」

「うわっ、何やそれ、いけずやなあ」

「仕事をしましょう。早くカイバを付けてやらないと馬がかわいそうです」

「ほう、消えた人間はかわいそうやない言うんか。何か知っとるさかい、余裕があるんちゃうか、あんた」

と横目でこちらを見る。

ぶん殴ってやりたい気持ちを必死で抑えた。

七月中旬の週末、非番だった祐介が、食堂で昼ご飯を食べたあと部屋で休んでいたら、ドアを激しく叩く音がした。

「藤木さん、いますか。藤木さん」

今江だった。

「どうしたんだよ」

ドアを開けると、今江は血の気の引いた顔で言った。

「一緒に見てもらいたいものがあるんです」

「何を?」

「来てもらえばわかります。ほら、お願いします」

腕をつかんで離さない。仕方なく一緒に出た。

今江は祐介の左肘をつかみ、引きずるようにして軽トラに乗った。メインストリートを突き当たりまで行ってから左折し、周回調教コースの外側を通って左奥へと進んで行く。奥には小さな厩舎と放牧地がある。さらに、野菜をつくっている畑や水田と、そこに引く水の源にもなっている池がある。

祐介がこのエリアに来るのは初めてだった。

　今江は池のほとりに車を停めた。

「こんなところで何してたんだ」

「その厩舎に、干し草のロールを補充するよう厩舎長に言われたんです」

　厩舎の脇にロールが三つ転がっている。作業の途中で祐介を呼びに来たらしい。

　今江はまた腕を組むように祐介の左腕を抱え、

「あそこ、見てください」

　と、伸びた草が水面を覆うようにしている池のほとりを指さした。

「どこだよ」

「右側の岸辺です。水面から何か飛び出しているでしょう」

　確かに、三〇メートルほど離れたところに異物がある。最初は丸太のように見えたが、目を凝らしているうちに、嫌な考えがふくらんできた。

　数歩近づいたところで足が止まった。

「あれは、やっぱり……」

「人間の脚に見えませんか」

　頷いて、さらに近づいた。

「どうしておれを呼んだんだよ」

「厩舎長もマルオ君もいなくて、橋本君しかいないんですよ。彼はあてにならないし、ぼくひとりで確かめて、また自分が疑われると困るから」

腰のあたりまで伸びた草をかき分け、池のほとりに立った。

水面から、ズボンを穿いた両脚が岸に向かって斜めに突き出ている。靴は男物のスニーカーのようだ。

今度は腰を抜かすことはなかった。驚きよりも恐ろしさが先に来た。

震える手を合わせ、目を閉じた。

何がこんなに恐ろしいのだろう。死体そのものか。動かなくなってもなお自身の存在を主張するような死に方か。この人物を死に追い込んだ何かか。

今江も隣で手を合わせ、南無阿弥陀仏を唱えた。

軽トラの助手席のドアに戻ったとき、シートの後ろの荷物置場を覗いた。ライフルは積まれていなかった。今江には悪いが、エアライフルで誤って撃ったのではないか、という考えが、一瞬脳裏をかすめたのだった。

厩舎の脇に頬っ被りをした野良着姿の男が立ち、こちらを見ていた。

ハンドルを握った今江に訊いた。

「あれは、誰なんだ」

「よく知らないんですけど、この厩舎と畑を任されているようです。そのへんの草地で種馬の運動をしていたので、昔は育成で働いていたのかもしれません。運動っていうのは、人が乗って軽く走らせることです」

「ここに種馬がいるのか」

「知らなかったんですか。二頭います。ただ、種付けはときどきするだけで、実質的には功労馬として余生を過ごしている、っていう感じです」

ということは、ここで生産された馬なのか。

事務所に行くと、みどりがデスクワークをしていた。

祐介は、スマホで撮った、水面から人の脚が出ている画像を見せた。

みどりは、さして驚いた様子もなく、固定電話の受話器を手に取った。そして、一一〇番ではなく、登録してある番号を呼び出してかけている。

みどりは電話を切り、椅子を回してこちらに体を向けた。

「誰だろうね。あんたがた、心当たりは」

祐介と今江が首を傾げると、みどりはつづけた。

「ないわよね。昔は山菜取りに来た人が迷い込むこともあったけど、最近はねえ。警察が来たらＬＩＮＥで連絡するから、もういいよ」

ため息をつきながらそう言い、パソコンとのにらめっこに戻った。

池にあった死体は、万歳をする格好で死後硬直し、両腕が水底に突き刺さって固定されていた。祐介も実況見分に立ち会い、死体の顔を見せられた。メガネをかけていなかったが、体の大きさと、イヤリングスタッフに支給されるグリーンのブルゾンを着ていたことから、食堂で大声で独演会をひらいていた大根田に見えた。

イヤリング厩舎長の早瀬（はやせ）という暗い感じの中年の男が、死んだ男の履歴書などの本人確認書類を警察に提出した。祐介は早瀬については名前しか知らなかった。社宅と厩舎を行き来している従業員には、まだまだ名前と顔が一致しない人間が多い。

昼間見かけた頰っ被りの男が、段々畑の上のほうで鍬を振るっている。

――あそこからなら、水面から出た脚が見えていたんじゃないか。

そう思ったが、警察は男に聴取はせず、何度も字を間違え、そのたびに定規で二本の修正の赤線を引いて判を捺（お）すという効率の悪いやり方で調書を作成し、大根田らしき男の死体とともに引き上げて行った。

「田舎だからもともと人数が少ないうえに、日曜日でしょう。休んでいる警察官が多くて、連中も早く帰りたいもんだから、あんなにいい加減なんですよ」

警察アレルギーの強い今江が足元に唾を吐いた。

「ということは、悪事を働くなら日曜日に限るというわけか」

「ホントですね。まあ、あの人が死んだのは、今日じゃなさそうだけど」

死者の正体が明らかになったからか、祐介の胸からも、先刻感じた畏怖に近い感情は消え失せていた。

　引き上げようと思ったとき、嫌なやつが来た。

　加山だ。

「またあんたか、藤木君。いやあな臭いがするなあ、臭う、臭う」

「ぼくは臭くないはずですけど、何か？」

「いやあ、怖い、怖い、怖い。脅かさんといてェや。次は誰があんたにやられるかって、みんな怖がっとるんやから」

「みんなって誰ですか。名前を教えてください」

「それを言うたら、これやろう？」

　と加山は前と同じように白目を見せて舌を出し、自分の首を絞める仕草をした。祐介を貶めること以上に、死者を愚弄するような態度が不快だった。

「なあ、加山さん」

　と祐介が一歩踏み出したとき、加山が、

「ああ、お嬢ちゃん、ここは危ないでえ」

　と犬を追い払うような仕草をした。

　祐介たちの背後にある種牡馬の厩舎から、優花が出てきた。

　優花は気まずそうな顔をして、調教コースのほうへ走って行った。

「ぼくらも行きましょう」

今江の言葉に頷き、加山を置いて繁殖厩舎へと戻った。

夕刻、食堂に行くと、育成とイヤリングのテーブルの間に加山がいて、祐介が入ってきたことに気づくと、わざとらしく首をすくめて出て行った。

育成とイヤリングのスタッフは、祐介を見て、困ったような顔をしている。

嘘も百回言えば本当になる、と加山は思っているのか。

「藤木さん、加山のおっさん、放っておいていいんですか」

その夜、部屋にビールを持ってきた今江が言った。

「別にいいさ。本気にするやつはいないだろう」

「だと思うんですけど、育成の若いやつらとか、信じやすいから」

「おいおい、勘弁してくれよ」

「ぼくもちょっと怖いんです」

「お前なあ」

「いや、藤木さんが怖いんじゃなく、次は誰かなって考えると……。加山の野郎、ホラばっかり吹いてるけど、この牧場がおかしいってことだけは、本当ですよね。藤木さんは怖くないんですか」

「そりゃあ、死体を目の当たりにしたときは震えたけど、逆に、今どうして怖がるのか、

「おれにはわからないな」

と今江を見ると、怯えたように目を逸らせた。

六月中旬に北海道シリーズが開幕し、まず函館競馬場でレースが行われた。それが六週間、開催日にすると十二日間にわたって行われ、七月最後の週末から、舞台は札幌競馬場に移された。北海道シリーズは九月の一週目までつづく。

七月最後の日曜日、札幌競馬場で行われるクイーンステークスという重賞レースに、風死狩牧場の生産馬が出走することになった。重賞レースはグレードレースとも呼ばれ、もっとも格の高いレースはＧⅠ、次はＧⅡ、その次はＧⅢで、クイーンステークスはＧⅢだ。一着賞金は三千六百万円。ＧⅠの日本ダービーや有馬記念などに比べるとかなり低いが、それでも新車のポルシェ９１１カレラのベースグレードが三台まとめて買える額である。

風死狩牧場の生産馬が重賞に出るのは二年ぶりだという。社長の立花以下、繁殖、イヤリング、育成の厩舎長らが現地に出かけた。子供の運動会に親戚が応援に行くようなものだろうか。

その馬の名はフィールブルーと言う。明るい栗毛の四歳牝馬で、普段は茨城県の美浦トレーニングセンターの厩舎で管理されている。美浦トレセンは主催者のＪＲＡ、日本中央競馬会が所有する調教施設で、百ほどの厩舎があり、二千頭ほどの競走馬がレース出走に向けて調整されている。

母はシャイニーブルー。これも栗毛だ。ここではいつも橋本が世話をしている。

祐介が少し早めに食堂に行くと、橋本がもうテーブルにいて、じっとテレビを見上げていた。仕事ができないうえにムダ話ばかりしている加山を反面教師としたのか、このところ橋本は、莉奈がいないときでもきちんと仕事をしている。相変わらず祐介とは口を利こうとしないが、同じ空間にいても互いに不快にならない距離感を保てるようになっていた。

この牧場に来てから、レースをひとつ勝つことがいかに難しいか、よくわかった。JRAが主催するレースは、基本的に週末に行われる。土曜日と日曜日に、それぞれ二つか三つの競馬場で同時に開催される。普通はひとつの競馬場で一日に十二のレースが行われるので、三つの競馬場での同時開催だと三十六レースになる。それだけ多くのレースがありながら、祐介が働きはじめてからの二カ月弱で、まだ風死狩牧場の生産馬が勝つのを見たことがない。最高の着順は、初めて見た新馬戦の二着だ。

クイーンステークスはこの日のメインレースである。メインレースは最終レースのひとつ前の第十一レースに組まれるのがほとんどだ。

発走時刻は午後三時二十五分。

準メインの第十レースが終わると、パドックと呼ばれる下見所に、出走馬が担当厩務員に曳かれて姿を現す。厩務員は、ＪＲＡから免許を交付され、トレセンの厩舎に所属している。厩舎をまとめるのが調教師で、彼らもまたＪＲＡから免許を受けている。調教師は、馬主から一頭あたり月に六十万円ほどの預託料を取って馬を預かり、そのほか賞金の十パーセントも収入になる。野球で言う監督に当たる仕事だ。

フィールブルーが出てきた。初夏の眩い陽射しを受けて、栗色の馬体が金色の光を撥ねている。

騎手が赤い帽子を被る三枠で、馬番も三番だ。初めて見た新馬戦と同じく、平井という騎手が乗る。

騎手たちは、パドックで、一度整列してから各々の騎乗馬へと走って行く。風死狩牧場の黒地に赤いラインの入った勝負服に、赤い帽子はなかなかマッチしている。

出走する十二頭がスタンド脇の馬道（うまみち）を抜けて馬場入りするころには、食堂のテーブルがだいぶ賑やかになってきた。

ブルーのブルゾンを着た育成スタッフが優花を含めて五人。ひとりの男は、最近入ってきたばかりのようだ。

グリーンのブルゾンのイヤリングは、麻衣と、これも新顔の若い女だ。

祐介たち繁殖のテーブルには、臙脂のブルゾンを着た橋本とマルオ、そして今江がいる。加山は自分の部屋で寝ているのだろう。

それぞれ別のところでテレビを見ることもできるのに、橋本のような跳ねっ返りも、こうして集まって観戦する。言葉にせずとも、ホースマンにとって、競馬というのはそういうものだと、みなが当たり前に思っているのだろう。

スタンドが全面的に改装されて綺麗になった札幌競馬場には、たくさんのファンが詰めかけている。

ファンファーレが鳴り、出走馬がゲート入りを始めた。

二着や三着といった惜しいレースがつづいているフィールブルーは、単勝十二・〇倍の四番人気に支持されている。

ゲートが開いた。

十二頭が正面スタンド前を駆け抜けていく。

フィールブルーは後ろのほうにいる。こうして競馬を見ているうちに気がついたのだが、風死狩牧場の生産馬は総じてレース序盤はゆっくり走る。道中は中団か後方でじっとしていて、最後の直線のラストスパートで前の馬を追い抜こうとするのだ。

その戦法がズバリと嵌まれば痛快なのだろうが、序盤から前のほうにつけた馬が最後までいい脚を使って伸びたら、後ろの馬にはどうすることもできない。出走馬全体が想定より道中を速く走ると、前につけていた馬がバテて下がるので、後ろからの追い込みが決まる。つまり、追い込みのレースは、どうしても他力本願になるのだ。

このクイーンステークスは芝の一八〇〇メートルだ。もっと短い一二〇〇メートルや、長い二四〇〇メートルでも、また、芝よりタイムが遅いダートコースでの競馬でも、風死狩牧場の馬は後ろからレースを進める。

どの厩舎に預け、どのレースを使い、どの騎手を起用するかといったすべての決定権を持つオーナーブリーダーの立花の好みもあるのかもしれないが、それ以上に、風死狩牧場の生産馬が、時計の速い現代の競馬に対応できるスピード血統の本流ではない血筋であることが影響しているように思う。やりたくてこうしているのではなく、そうせざるを得ないから後ろから行っている、という部分のほうが大きいはずだ。

祐介は、知識が浅いなりに血統を研究し、そう考えるようになっていた。

出走馬が三、四コーナーを回り、最後の直線に入った。

小回りの札幌は、直線が二七〇メートルほどしかないので、直線入口である程度前につけていないと勝負にならない。

先頭の馬とフィールブルーとの差は、まだ七馬身ほどもある。

祐介は諦めて、背もたれによりかかった。

そのとき、食堂全体の空気が揺れ動いたように感じた。

馬群の外に出たフィールブルーが、ぐっと全身を沈めた。平井の振るう左ステッキを受けて、ストライドを大きく伸ばす。

一頭、また一頭とかわして行き、ラスト一〇〇メートル地点では、先頭との差を三馬身ほどに縮めていた。

「来い、フィール、来い!」「差せ、差せ、差せー!」

食堂にいる全員が立ち上がった。

ラスト五〇メートル。先頭との差は二馬身。届かないか。

「追え、平井、頑張れ!」

祐介も「来い!」と声に出した。頭に血が上り、画面が揺れて見える。

「かわせ、かわせ、イケる、よし!」

ゴールまであと三完歩、二完歩、一完歩……。

逃げ込みをはかる内の馬に並んだ。そして——。

フィールブルーは最後の一完歩を力強く伸ばし、先頭でゴールを駆け抜けた。

鞍上(あんじょう)の平井が、鞭を持った左手を高々と突き上げた。

勝った、風死狩牧場の生産馬が重賞を勝ったのだ。

「じゅ、十年ぶりだよ、ここの生産馬が重賞を勝ったのは」

マルオが声を震わせた。握手をすると、手が汗で濡(ぬ)れていた。

ポカンと口を開けた今江とも手を握り合った。

3
ィールブルー

優花たち育成スタッフが歩み寄ってきて、手を差し出した。レースの合間の調整のためここに放牧に出されたとき、乗ったことがあるのだという。

イヤリングの麻衣や、新しい女性スタッフとも握手を交わした。

無礼講ではないが、こんなときまで衛生面がどうのと言う気には誰もならないようだ。

勝ち馬と、その関係者が並ぶ口取り写真の撮影が始まった。

フィールブルーの背で平井が手を挙げ、向かって左の曳き手を調教師が、右の曳き手を立花が持っている。立花の横には、莉奈をはじめとする厩舎長たちがいる。

厩舎ではいつも表情を変えない莉奈が笑っている。

「競馬場に行きたかったなあ」

と祐介は振り向き、マルオたちの顔を見た。

橋本だけが座って、うつむいている。

橋本は右手で顔を隠すようにして泣いていた。あまり馬に対して愛情を持たないタイプかと思っていたのだが、やはり、自分が毎日世話をしている馬の娘が重賞を勝つというのは嬉しいものなのか。

「おめでとう」

と祐介は橋本の肩に触れた。

橋本は小さく頷いた。

彼と初めてコミュニケーションを取ることができた。

翌日は、牧場全体が明るくなった感じだった。

繁殖だけではなく、イヤリングや育成のスタッフも、フィールブルーの母シャイニーブルーを放牧地に見に来て、声をかけたり、「おめでとう」と言いながら讃(たた)える拍手をしたりしていた。馬は一頭一頭顔も違えば性格も異なる。頭のいい動物ほど個体差が大きくなるのだろう。シャイニーブルーは人懐っこい性格で、仔育てに関しては放任主義だ。仔馬が遠くに駆けて行っても追いかけず、自分から戻ってくるのを待っている。

昼休み、従業員全員に立花から金一封の一万円が配られた。この生活では遣う場面がないのだが、それでもやはり嬉しかった。

午後、祐介は、厩舎とメインストリートを挟んで反対側、つまり南側の放牧地の草刈りを莉奈から命じられた。

放牧地全体ではなく、斜面を上って、頂上の林との境目のあたりを重点的にやることになった。

こちらの放牧地は北側の放牧地に比べると傾斜がゆるやかなので、馬が頂上まで来ることもできる。また、放牧地の外の木々もまばらで、人や大きな動物でも林のなかを通り抜けられる。好奇心旺盛な仔馬が外に出ては困るので、こちら側は牧柵で囲ってある。

その牧柵が下からはっきり見えるように草を刈るのが仕事だった。見えているところからは、クマやシカ、タヌキ、アライグマといった害獣は入ってこないのだという。

ここまで草刈り機を持ってくるだけで疲れた。重さは五、六キロか。小さなガソリンタンクが付いている。モップの先に回転のこぎりを付けたような形で、自転車のハンドルのようなグリップを持ち、左右に振って使う。

楽な作業ではないが、コツをつかむと、なかなか面白い。振り返ると、刈り終えたところが散髪したあとのように綺麗になっていて、気持ちがいい。

ひと休みしてスマホを見ると、メッセージランプが灯っていた。LINEで、莉奈からメッセージが入っていた。

「牧柵の外側も軽く刈ってください」

採草地の手前で牧柵の外に出て、草刈り機を振りながら、事務所や門がある西側へと進んで行った。

陽射しは木々が遮ってくれるが、それでも汗が吹き出てくる。

あと三〇メートルほどで終わり、というところで、回転している刃が、木か何かに食い込んだような感触が手に伝わってきた。

エンジンを切って刃の回転を止めた。

草刈り機を地面に置き、刃が当たった周辺の草を足でかき分けたとき、土の塊のようなものを踏んで転びそうになった。

胸を鈍器で殴られたような痛みを感じた。

祐介が踏んだのは、うつ伏せた人間の背中だった。

頭が向こう側にある。

育成スタッフ用のブルーのブルゾンを着ている。よく見ると、ブルゾンの左袖の部分が腕ごとなくなっている。ほかの場所も、あちこち引き裂かれている。

この一帯はヒグマの棲息地だ。そうだ、ヒグマだ。この人が、自ら死を選んだり、誰かに殺されたとは思いたくなかった。

祐介は死体に手を合わせ、放牧地を出た。


南側の放牧地の外で死んでいたのは、吉田という若い育成スタッフだった。食堂のテレビで初めて競馬を見たとき、祐介に勝負服などについて教えてくれた男だ。いつもニコニコして、社交的で、馬と競馬が好きで仕方がないので、勉強中の祐介にその魅力を伝えたくてたまらず、話しかけてくるといった感じだった。

発見現場より三〇〇メートルほど東に、坂路コースの頂上から下に戻ってくる逍遥馬道がある。その近くでヒグマに襲われ、現場まで運ばれてから手足や内臓を食われたというのが警察の見立てだった。そのあたりからも骨や肉片が見つかったらしい。死後四週間以上経過しているとのことだった。

祐介の左足には、吉田の背を踏んだときの感触が残っていた。足の裏で脆いものを崩してしまったような、嫌な感触だった。

加山も、今回は何も言ってこなかった。

今江までも、祐介を恐れているかのような態度を取るようになった。さすがに気が滅入った。食堂のテレビで芸能人が大声で騒いでいるのを見るだけで腹が立ち、誰にも断らずにスイッチを切った。

一度は縮まった、繁殖スタッフと育成、イヤリングスタッフとの距離が、また元の遠さに戻ったように感じられた。

そうした気持ちの揺れを、馬たちは敏感に感じ取るようだ。

馬房でフロマージュの胸前を左手で押さえ、右手で背中にブラシをかけていると、急に吉田の笑顔が思い出されて、涙が出てきた。

ブラッシングする手を止め、袖で涙を拭うと、やわらかいものがお腹に当たった。

仔馬が、フロマージュと祐介の間に体を割り込ませてきたのだ。

そうして、小さな体を祐介にくっつけたまま、こちらを見るわけでもなく、ただじっとしている。

「ありがとうな、チビ」

と声に出すと、余計に涙が出てきた。

フィールブルーがクイーンステークスを勝って、風死狩牧場全体が活気づいたと思ったら、この事件が起きた。

ひとりひとりは吉田の死を悼んでいるのは確かなのだが、牧場は、これまでどおりの営みをつづけている。繁殖牝馬と仔馬は草を食い、イヤリングの一歳馬は放牧地を跳ね回り、二歳の育成馬は人を背に乗せてコースを走っている。

馬が七十頭ほど、人間はせいぜい十五、六人しかいないのだが、明確な目的と機能を有した「組織」としての風死狩牧場にとって、ひとりの若手スタッフの死は、いつでも起こり得るアクシデントのひとつに過ぎないのか。

ネットのニュースを見ても、一連の事故はまったく報じられなかった。

新聞の地方欄に五、六行のベタ記事として掲載されただけだ。そのどこにも「風死狩牧場」の文字はない。祐介がここに来てから起きた事件が三件とも、ほんの僅かではあるが、牧場の敷地の外だったからだろうか。

もうこれ以上、仲間の死に立ち会うのはごめんだ。

そう思ってはいても、祐介にできることは何もなかった。

五

北海道に短い夏が来た。

八月になると、三十度を超える真夏日がつづいた。

朝晩は半袖だと震えるほど気温が下がるが、日中は、東京と変わらないほど蒸し暑い日もある。

そんなとき、橋本が姿を消した。

二日ほど見かけなかったときは、休みでも取ったか、たまたま食事の時間が重ならなかったのだろうと思っていた。が、三日つづけて会わなかったときはさすがにおかしいと思い、莉奈に訊いた。

「橋本君は、辞めちゃったんですか」

「さあ、何も聞いてないんだけど、このところ来ないわね」

と素っ気ない。

「なあ、マルオ君は何か知らない」

「い、いや、ぼくも心配してたんだ」

マルオは困ったように目をしばたたかせた。

今江と加山は、祐介を避けるようになっていた。祐介と橋本が以前やり合ったことを知っているらしく、橋本の失踪に祐介が関わっていると本当に思っているようだ。

確かに橋本と親しくはなかったが、クイーンステークスを一緒に見てからは、朝や仕事の終わりぎわ、互いに会釈くらいはするようになっていた。

自分で馬を少し扱えるようになって、橋本の馬を扱う技術の高さがわかってきた。彼が曳き手を持つと、それが弾力のあるゴムのように見える。彼が馬の出し入れに手こずっているところを見たことがない。おそらく、乗ろうと思えば、かなりのレベルで馬を御すことができるのではないか。馬に興味がないように見えたのは、甘やかさず、厳しく接するという自分なりの距離感を保っていたからだろう。

橋本が、自らの意思でいなくなったとは思えなかった。

このころには祐介も、この牧場はおかしいと思うようになっていた。あまりにも不審死や失踪する人間が多すぎる。それでも、

——次は誰なのだろう。

と考えることはあっても、

——次は自分の番ではないか。

と恐怖を感じることは、なぜかなかった。

橋本の部屋は、まだそのままになっていた。

「前、イヤリングにいた夫婦や、育成のインド人がいた部屋はどうなってるの」

あかねに訊くと、

「もう綺麗にして、新しい人が入れるようにしてあるさァ」

とさらりと答え、こうつづけた。

「荷物もバッグと着替えぐらいしかないから、まとめて事務所の会議室に入れてあるのよ。すぐ辞める人もけっこういるから、支給した作業着や長靴なんか、新しいまま置いてあるしょ」

それを聞いて、ここに来た日のことを思い出した。立花に使うよう言われた、今穿いている作業ズボンも、玄関にある長靴も、ここを辞めた者たちが置いていったものだったのか。

牧場事務所に行くと、みどりのほかに、立花がいた。

立花は、ひとりだけ全体を見わたす向きの机にいる。そこにいることはすなわち、この牧場の代表であることを示しているのだが、グレーの作業着といい、白髪を角刈りにした頭といい、「オーナーブリーダー」という洒落(しゃれ)た響きには、まったく似つかわしくないように思われる。

その手前の席で、みどりが誰かと電話で話している。

「……いいです、無理していらっしゃらなくても。はい、ですから……結構です。いえ、そうではなく、こちらでは対応しかねますので……」

押しの強いみどりをここまで困らせるのだから、電話の相手はかなりの強者なのだろう。

電話を切ったみどりは、泣きそうな顔を立花に向けた。

「どうしても来ると言ってます」

立花は舌打ちし、受話器を手にした。

「もしもし、わしだ。そうだ、立花だ。お前が来たからといって、どうこうなる問題じゃない。こっちで対応するから、心配するな。心配してないだとォ？　じゃあ何しに来るんだ。捜査？　お前いつから警察になったんだ。言葉の使い方が違うだろう。お前みたいに頭の悪いやつが来ても、何も変わらん。とにかく、来てもなかには入れないからな、わかったか」

と受話器を叩きつけた。

みどりが不機嫌そうに、

「藤木君、何か用なの？」

と顔をしかめた。

「ネット通販で買った品物を取りに来ました」

郵便物や宅配便は、すべて門の集荷ボックスに入れられ、それを事務局が預かることになっている。

「会議室の机の上を見てみて」

自分宛てに届いた段ボールから、注文した衣類やサプリメントなどを取り出し、ここで包装を解いた。北海道はごみの分別が細かく、シャツを包装してあったビニールと紙ごみ、生ごみは別々に捨てなければならない。木与別町の事業系ごみも同様だ。それぞれを事務所内のごみ箱に分けて捨て、段ボールは、堆肥所横の資源ごみ置場に捨てる。

それにしても、みどりと立花があれほど強く来訪を拒む相手は誰なのだろう。とてもじゃないが、二人に直接訊けるような雰囲気ではなかった。

事務所を出て段ボールを捨て、寮に戻ろうとしたとき、クラクションが聞こえた。門の外に大型のＳＵＶが停まっている。赤いレンジローバーだ。グレードによっては二千万円を超える高級車だ。

祐介に気づいたのか、パッシングをしている。

鉄格子の門扉に近づくと、サングラスをかけた細身の男が運転席から降りた。一見してアルマーニとわかるブルゾンを着ている。

「おい、開けろよ」

男は横柄な言い方をし、サングラスを取った。

どこかで見た顔だ。が、思い出せない。

「どちら様ですか」

祐介が訊くと、男は皮肉そうな笑みを浮かべた。

「どちら様だと？　騎手の平井様だよ」

「ああ、クイーンステークスではどうも……」

「いいから開けろ」

気分が悪かったが、風死狩牧場の主戦騎手なのだから、このくらいは我慢しなければならないのか。

事務所の前に停まっていた軽トラの車内からリモコンを出し、門扉を開けた。

平井はものすごいスピードで門を抜け、車寄せをわざと塞ぐようにレンジローバーを停めた。そして、礼も言わずに牧場事務所に向かって行く。その後ろ姿を見て、立花とみどりが来訪を拒んでいたのはこの男ではないかと思った。

だとしたら、祐介はとんでもない失敗をしでかしたことになる。

事務所の入口前に立った平井が振り向いた。

「おい、そこの」

と祐介に顎をしゃくった。

「何ですか」

「お前が藤木祐介か」

「はい、そうですけど……」

どうして自分の名を知っているのだろう。彼とは初対面だし、向こうは有名人、こっちは一般人だ。

「やっぱりそうか。どうりで間が悪いわけだ」

平井は笑って、踊るような足どりで事務所に入って行った。

部屋に戻り、ネットで騎手の平井について調べた。

平井啓一（けいいち）。三十二歳。東京出身。美浦を拠点とし、厩舎に所属しないフリーだ。デビュー三年目に年間百勝以上して関東リーディングを獲得。翌年から二年連続全国リーディングとなり「天才」と呼ばれた。端整なマスクと、身長一五〇センチ台が大半の騎手界にあって一七二センチのすらりとしたスタイルも注目され、多くの女性ファンを競馬場に集めた。

しかし、落馬事故によるブランクと、ＪＲＡの叩き上げより地方競馬出身騎手や外国人騎手が重用される風潮のせいで、近年は成績が低迷していた。

ところが、昨年あたりからまた勝ち鞍を増やしはじめ、今年はリーディングのトップテンに入るのは確実と目されている。

これまでにGIレースを十二勝しており、海外での勝ち鞍もある。

間違いなく「一流」と言えるキャリアを積み重ねてきたのだが、馬を降りた一個人としては、しょっちゅうトラブルを起こしている。

ワイヤレスのイヤホンで音楽を聴いて、踊りながらパドックに入って過怠金を課されたり、暴力事件で騎乗停止処分を受けたり、派手な女性関係を週刊誌にすっぱ抜かれたり、テレビの生放送で有名な馬主のことを「あのバカ」と言って厳重注意を受けたり、と、あらゆる種類の問題をあちこちで起こしている。

次に何か問題を起こしたら騎手免許が取り消されると噂され、ネットでは「ミスター執行猶予」と揶揄されたりもしている。

それでも騎乗を依頼する馬主や調教師がいるのは、腕がいいからにほかならない。

スタートの速さは天性のもので、瞬時に馬の個性を読み取る。臆病な馬なら他馬に干渉されないところを走らせ、怒らせながら走るほうが能力を出す馬なら、迷わず馬群に入れる。体内時計の正確さは日本一と言われ、逃げ馬に乗ると、一ハロン（二〇〇メートル）十二秒ちょうどのラップを四ハロンにわたって狂いなく刻んだりと、芸術的とも言える騎乗を見せる。

あくの強い、極端なキャラクターによくあることで、熱狂的なファンも多いが、同じぐらいアンチファンも多い――。

といったことがわかったのだが、祐介が何より驚いたのは、彼が自分と同じ三十二歳ということだった。

老けた外観をしているわけではない。年相応だろう。

だが、一対一で向き合うと、当たり前に敬語を使うべき相手だと感じた。外部の人間なら年下でも敬語で接するが、そうした意味ではなく、人間としての「格」が、自分とは違うように感じられたのだ。

あんなチンピラのような格好で、メチャメチャな態度でも、自分には太刀打ちできない、強い芯を持っているかのようだった。

メディアでしか見たことのない著名人を前にすると、誰でもそう感じてしまうのだろうか。いや、彼が騎手の平井だと名乗る前から、自分は気圧されていた。

騎手は、普段から言葉の通じない動物を相手にしているので、黙って対峙するだけで相手を支配する術を身に付けているのか。

こんなふうに、あれこれ考えてしまう時点で、自分はもう平井に支配されかかっているのかもしれない。

それにしても、どうして平井は自分の名前を知っていたのだろう。

――どうりで間が悪いわけだ。

あの男はそう言った。確かに自分はよく間が悪いと言われる。そこまで自分を知っている誰かから話を聞いたのか。しかし、競馬関係者の知り合いは、この牧場にいる人間たちだけだ。

何をしに来たのか知らないが、気持ちの悪い疑問を残して行ってくれたものだ。

夕食の時間、食堂に行くと、その平井がいた。

よりによって、繁殖のテーブルで、肉野菜炒めをがっついている。体重制限がある職業なのに大丈夫なのかと思うほど、ご飯が山盛りだ。

「おう、祐介、こっち来い」

平井が手を振った。

食堂にいたほかの人間たちがみな驚いたような顔をしている。なぜ平井と祐介が親しげなのか不思議なのだろうが、それは祐介も同じだった。

「平井さん――」

あなたは騎手なのだから育成スタッフのテーブルに移ってください、と丁寧語で言おうと思ったが、

「あんた、騎手なんだから、育成のテーブルで食べたらどうだ」

と口に出していた。

「何でだよ」

「ERVを予防するためさ。繁殖と、ほかの部署は普段から分かれて行動するってルールになってるんだ」

「そりゃご苦労だな。で、何だ、そのAV何とかってのは」

こちらを見る表情も口ぶりも、祐介にタメ口を利かれて不快に感じているふうではない。この男はわざと敬語を使わないのではなく、本当に敬語を知らないだけなのか。

「AVじゃなくてERV。馬鼻肺炎ウィルスのことで……、あんた、知らないふりをしてるんじゃないのか」

という祐介の話を、平井はまったく聞いていない。

祐介の肩を引き寄せ、

「あの娘(こ)、何ていうんだ」

と育成のテーブルにいる優花を横目で見た。

「村井優花だけど……」

そう答えると、平井は箸を一本だけ持って立ち上がった。そして、左手で手綱をしごき、右手に持った箸で鞭を入れるような仕草をしながら、

「優花ちゃん、祐介が君のところへ行けって言うからさ。このまま君にちゅうして乗っちゃうよー」

とタコのように唇を突き出し、優花に近づいて行く。

「や、やめてください」

と優花は手でガードして首をすくめているが、笑っている。平井が本当に抱きついてキスをしようとしたら、できていたかもしれない。

こんな男を、これほど間近で見たのは初めてだった。掛け値なしのバカだ。それも並のバカではない。

前の会社にも似た感じの宴会芸をやる同僚や上司はいたが、ほぼ例外なく顰蹙を買うだけで終わっていた。

「でも、ごめん、優花ちゃん。おれ、騎乗停止中なんだ。だから君に乗れない」

と、平井は、箸を指揮棒のように振って天を仰いだ。

すると、優花も、ほかの育成スタッフも、腹を抱えて笑った。手前のテーブルの麻衣まで、下を向いて笑いをこらえている。

「何が可笑しいんだろう」

マルオに訊くと、

「だ、だって、この前、あの人、本当に騎乗停止になったから」

と笑っている。

なるほど、業界の最先端にいる有名人が、自身に関するタイムリーなニュースを即興でネタにしたのだから、面白いのかもしれない。それを自分たちだけに披露してくれた、というお得感もある。

バカはバカでも、計算のできるバカだ。

やはり並ではない。

平井が繁殖のテーブルに戻ってきた。もう、防疫がどうのと言える雰囲気ではなくなっていた。これも計算のうちか。

「祐介も飯食えよ。なあ、あかねちゃん！　こいつにもご飯頼むよ。でも、おれのより美味しくしちゃダメだよー」

これもウケた。さっきの即興ギャグが、この空間の笑いのハードルをぐっと低くしたのだろう。

祐介が肉野菜炒めを食べている横で、平井は爪楊枝をくわえてテレビを見ている。が、何となく、見ているふりをしているだけのように感じられた。

マルオと今江が席を立ち、二人だけになると、平井は小声で言った。

「話がある。あとでお前の部屋に行くから、鍵を開けとけ」

テーブルの上の祐介の部屋の鍵を見ている。部屋番号を確かめたのだろう。

「何の話だよ」

「橋本拓実についてだ。行方不明になった、若い育成スタッフだよ」

ご飯をかき込んでいた手が止まった。

「どうしてあんたが橋本を……」

「拓実は、おれの義弟（おとうと）になるんだ」


平井は、祐介の部屋に来ると、まずコンセントとテレビのアンテナ端子を調べ、

「おい、盗聴器とか、仕掛けられてないだろうな」

と部屋を見回し、訊いた。

「隣の部屋は誰だ」

「今江っていう、若いやつだよ」

「ああ、何とかっていう馬主に追い出されたとかいうやつか」

と壁をノックした。聞こえても構わない、と考えたのか。

祐介が冷蔵庫から缶コーヒーを出すと、首を横に振った。遠慮したのかと思ったら、

「ビールはないのか」

と冷蔵庫を開け、勝手に缶ビールを飲みはじめた。

「平井さん、あんたは橋本君を探しに来たのか」

「ま、そういうことだ。どうでもいいけど、その『平井さん』っての、やめろよ」

「じゃあ、どう呼べばいいんだよ」

「おれは啓一だから『ケイ』でいい。お前、おれとタメだろう」

と平井は床に座り、あぐらをかいた。

「そういうのも橋本君から聞いたのか」

「ああ、ちょくちょくLINEで連絡よこしてたんだ。ほら、ここ電話が通じねえじゃねえか。あいつ、しょっちゅうお前のことをLINEに書いてきてな。それでおれも、お前の名前やキャラを覚えちまったんだ。見るか？」

とスマホでLINEのやり取りを表示させた。

七月二十九日、フィールブルーがクイーンステークスを勝ったあとのやり取りだった。

拓実　祐介君がおめでとーって言ってくれて、マジ泣きそう
啓一　ちゃんとサンキューって返事したか？
拓実　してない。恥ずかしくて言えないよ
啓一　バカヤロー。祐介みたいな鈍いやつには、言葉で伝えなきゃダメだ。口は災いの元って言うだろう
拓実　それ、意味ちがくね？w
啓一　しゃべらないことも災いの元になるんだよ

橋本が自分を「祐介君」と書いているのが意外だった。

平井が言った。

「あいつ、ひねくれてるだろう。『ありがとう』も『ごめんね』も言えねえし、相手と衝突することでしかコミュニケーションできないんだよなあ」

「確かに、自分から周囲と距離を置いていたな」

「お前が初めて厩舎で作業をした日、あいつが干し草のロールを落として、お前に当たりそうになったことがあっただろう。間違って落としたんなら謝りゃいいのに、昔っから、それができないやつなんだよ」

「ちょ、ちょっと待ってくれ。間違って落としたって、どういうことだ」

「お前がちょうど動いたんで、当たらなくて済んだ、って言ってたぞ」

「嘘だろう」

胸の奥に鈍痛を感じた。

「あいつのことだから、ヘラヘラしてただろう」

あのとき橋本は上からこちらを見て、

――それを探していたんだろう。

と笑っていた。

祐介はそれに腹を立て、乾いて硬くなった土くれを橋本に投げつけてしまった。

平井がつづけた。

「よくわかんねえけど、たぶんあいつは、相手と普通に話をしようとして失敗するのを怖がってると思うんだ。相手を信じたり、優しくしたりすると、突っぱねられるんじゃねえかと怯えてる。だから、いつもすぐ突っかかってくんだろうな」

「おれ、彼にひどいことを……」

「言ってたよ。石みたいな土の塊を顔面にぶつけられたって。よかったんじゃねえか。強烈なパンチ、効いたみたいだぞ。それまではお前のこと、ウスノロだとか使えねえジジイとか言ってたのに、あれから急に『祐介君』になったんだ」

「いや、悪いのはおれのほうだ」

今ならわかるのだが、あのとき祐介が立っていたのは、橋本の担当馬の馬房の前だった。担当者以外の人間は来ないものと思い、よく見ないでロールを落とすことがあってもおかしくない。

「あいつの母親、離婚と再婚を繰り返してな。名字が四、五回変わって、学校で教師まで一緒になってそれをネタにされたんだってよ」

「ひどい話だな」

「父親がいない時期が多くて、たまに新しい父親が現れても、あれだよ、ほら、ニュースでよくやってる横文字の……」

「ＤＶ、家庭内暴力か」

「そう。自分より力の強い人間からの暴力にずっと怯えて、縮こまって、殻にこもってるうちに、大人になり損ねたんだろう。おれもそうだったから、よくわかるんだ」

「さっき、義弟になるって言ったよな。ということは、彼のお姉さんが、あんたの……ケイのフィアンセなのか」

「ああ。そういう環境だから、どういう目に遭ったか、想像つくだろう。今、札幌の病院で介護福祉士をやってる。おれが次にＧＩを勝ったら結婚しようって言ってるんだけど、なかなか勝てなくてな」

　フィールブルーがクイーンステークスを勝って橋本が泣いていたのは、義兄になる平井が乗って勝った嬉しさもあったのか。

「橋本君は、どうしちゃったんだろうな」

「いなくなる前、自分から辞めそうな雰囲気はあったか」

「いや、特にクイーンステークスのあとはまじめに働いていた。彼、ちゃんとやれば、馬の扱いがすごく上手なんだ」

「そりゃそうだろう。一応、騎手の卵だったからな。競馬学校の騎手課程にいて、一年生のうちからアイルランド大使特別賞は確実って言われるくらい乗れたんだ」

「どうして騎手にならなかったんだ」

「素行不良で退学になったんだよ。ほかの生徒を殴るわ、金を盗むわ、脱走して万引きしたパンを食って体重オーバーになるわ、しまいにゃ、ガキのくせに脱走先で人妻とできちまうわで、悪事のオンパレードさ」

「ケイが呆れるぐらいだから、本物だな」

「馬を扱うことぐらいしか手に職がねえから牧場で働くようになったんだけど、どこへ行ってもトラブルばっか起こしてよ。仕方なく、入ったらなかなか出られないって噂のあるここに押し込んだんだ」

「そんな噂があるのか」

「言ってるのはジジイやババアばっかだけどな」

それを聞いて、二カ月前ここに来たとき、木与別の喫茶店の老夫婦の様子がおかしかったことを思い出した。加山が祐介を犯人に仕立て上げようとしながら繰り返す戯言にも、ひょっとしたら根拠があるのだろうか。タブレットであらためて検索しようとしたら、平井が笑ってつづけた。

「ジジイやババアの話ってのは、自分で見聞きしたわけじゃない情報が集まるネットより、ずっと信用できるぞ」

「でも、橋本君が脱走の名手なら、どこかで元気にしてるんじゃないか」

「だとしたら、おれに連絡してくるだろう。もう十日以上音沙汰がないんだ。あいつの成人のお祝いもしてないし、亡くなったお袋さんの三回忌も、おれが仕切るつもりだったんだけどな」

　橋本が二十歳になったばかりというのも驚きだったが、そのときふと、ひとつの疑問が湧いてきた。

「なあ、ケイがここに来たのは、橋本君がここにいると思っているからなのか」

「決まってるだろう。おれが来るって言ったときの、事務局のおばちゃんと立花のジジイの嫌がり方は普通じゃなかったしな。あれは何か隠してる」

「ということは、社長たちが橋本君をこの牧場のどこかに監禁している、と見ているわけか。でも、そんな場所は……」

　と言いかけて、事務所の裏の社宅や、調教コース奥の種牡馬厩舎や、そこに建つ家など、まだ祐介が足を踏み入れたことのない場所がたくさんあることに気がついた。

　平井が部屋のドアのほうを親指でさし、言った。

「上の病院が怪しいけど、ゲートを開けなきゃ車で入れないんだ。でも、ここからなら歩いて行けるだろう」

「うん。そこのトイレの窓から見える階段を使って通勤している人もいるよ」

　祐介が言うと、平井は床にあぐらをかいていた脚を組み直し、身を乗り出した。

「お前、この牧場、おかしいと思わないか」

「同じことを言ってるおっさんもいて、最初のうちは聞き流していたけど、今はおれも確かにおかしいと思う」

「まず、あの刑務所みたいに高い塀と有刺鉄線からして変だろう。まあ、競馬学校も有刺鉄線で囲まれているけどな。それに、拓実が言ってたけど、従業員はみんなエアライフルを持たされるんだって？」

「ああ。害獣駆除が目的で、狩猟許可も取っているらしい」

「たまに夫婦でライフルを持っている牧場なんかもあるけど、それだって珍しいぐらいだぞ」

「事故も多い。おれが来てからの二カ月で、三人も死人が見つかったんだ」

「行方不明になった人間もいるわけだろう」

二人は、死者と行方不明者のリストアップを始めた。

西口克也（事務局、不明）六月三日（日）、東京競馬場牧場ワークフェアで会ったのが最後。三十代男性
安西（繁殖、死亡）六月十日（日）に生首で発見。自殺。三十代男性
中年夫婦（イヤリング、不明）六月中旬不明に。夫は五十代、妻は三十代
インド人二名（育成、不明）七月上旬、二名とも不明に。ともに三十代の男性

大根田（イヤリング、死亡）　七月上旬不明に。七月十五日（日）に池で発見。事故。四十歳前後の男性
吉田（育成、死亡）　六月中旬不明に。七月三十日（月）、繁殖放牧地で死体発見。ヒグマに食われる。二十四歳男性
橋本拓実（繁殖、不明）　八月上旬、不明に。二十歳男性

この二カ月ほどの間に三人が死に、六人の行方がわからなくなっている。

「じゃあ、これをテキストファイルにして、ＬＩＮＥで送るよ」

祐介が言うと、平井は首を横に振った。

「いや、やめておいたほうがいい。たぶん、この牧場内でのネット上のやり取りは、全部事務局に見られている」

「冗談だろう」

「接続先の『Ｆｕｓｈｉｋａｒｉ－Ｆ』のサーバーは、事務局の立花みどりっていうおばちゃんが管理してるんだ。ちらっとパソコンの画面が見えたんだけど、あれは従業員の名前とＩＰアドレスやＩＤの一覧だな」

平井は缶ビールをもう一缶開け、

「それも念のため捨てたほうがいい」

と祐介が紙に書いた、死者と不明者のリストを指さした。

祐介は平井に訊いた。

「ところで、ここにいて、騎手の仕事は大丈夫なのか」

「だから、さっき、騎乗停止を食らったって言っただろう。拓実が言ってたとおり、本当にクソ素人だな」

と苦笑し、つづけた。

「先週のレースで、おれは斜行して、つまり斜めに馬を走らせて、ほかの馬の進路を邪魔しちまったんだ。そのペナルティーで、今週と来週の競馬には乗れなくなった。だから、二週間以上、フリーな時間ができたってわけだ」

「まさか、この部屋に泊まるつもりじゃないだろうな」

「心配すんな、ちゃんと部屋は取ってもらった。ここより三つか四つ向こうだ」

「これからどうする気だ？」

「まずは、誰が味方で、誰が敵かを見極めることだな」

平井はそう言って、祐介のシステム手帳の紙を破り取り、下手な字で「敵・立花、みどり」「味方・ゆうすけ」と書いた。

しかし、ここで起きた一連の事件・事故は、単純な「敵と味方」という構図の問題なのだろうか。

平井は、不明になった人間は「敵」に拉致されたと決めつけているようだが、自分の意思で出て行った者もいるかもしれない。それに、警察の判断では、死んだ三人とも殺人ではなく、それぞれ自殺、事故、ヒグマとの遭遇となっている。であるから、不明と死亡に必ずしも因果関係があるとは言えないのではないか。

そもそも、何を目的として、どんなことをしている人間が「敵」なのか。それも現時点ではまったくわからない。

そう平井に言うと、

「なるほど。じゃあ、まず味方から探していくのはどうだ。信用できる人間」

「つまり、おれたちと同じように、一連の行方不明や死亡事故の真相を突き止めたいと思っている人間か」

と言ってから、目の前の平井はその意味で本当に味方と言えるのか、考えた。仮に、義弟になる橋本を心配して来たというのが嘘だとしたら、目的は何か。去年まで一介のサラリーマンだった自分に近づいて何のメリットがあるのか。

すぐに答えが出た。わからない、というのが結論だ。風死狩牧場でつづく「事故」に疑問を感じ、橋本拓実の身を案じているという点では、たぶん、いや、間違いなく味方だ。

平井も同じことを考えていたらしい。

「おれにしてみると、可愛い義弟が『たまたまロールが落ちたところに立っていたり、何度も死体に出くわす間の悪い素人』と面白がっていたお前が敵だとは、どうしても思えないんだ」

「それは光栄だ」

「人をさらったり、殺したりする動機がお前にはない。おれもだ、うん」

「ほかは正直、ちょっとわかんないなあ。あらためて考えると、職場のみんながどういう経緯でここに来たのかも、ぜんぜん知らないし」

時計を見ると、午後十時を過ぎていた。そろそろ寝る時間だ。

平井は立ち上がり、空になったアルミ缶を踏みつぶした。

「明日の昼休み、ちょっと付き合ってくれ」

「いいけど、何をするんだ」

「見たいところがあるから、飯を食ったら、調教コースまで来てくれるか」

潰したビール缶を足の親指と人指し指で器用につまみ、

「ひとーつ、ふたーつ」

と数えながら「ビン・缶・ペットボトル」の分別袋に入れ、

「おやすみー」

と出て行った。

翌日の昼休み、自転車で調教コースに行くと、物見櫓の下に平井のレンジローバーが停まっていた。

「祐介、上だ」

櫓から平井が手を振っている。

祐介も上った。初めて来た日以来だが、あの日と同じように晴れていて、気持ちのいい眺めがひろがっている。

平井は双眼鏡を持っていた。

しかし、それを使わず、北東の種牡馬厩舎のほうを眺めている。

「その厩舎の向こうに『へ』の字の山があるだろう。その中腹に看板があるの、見えるか」

しばらく目を凝らしたが、木々が生い茂っているようにしか見えない。

「いや、何も」

「ほら、これで見てみろ」

と双眼鏡をよこした。

確かに、厩舎のちょうど真上にあたるあたりに、白い何かが見える。おそらくここから五〇〇メートルは離れている。

平井は、眉を上げたり下げたりして目のひらき方を変えながら、舌打ちした。

「建設予定地ってのは見えるけど、その下は何て書いてあるのかわからないな」

「え、裸眼であの字が見えるのか」

「ああ、視力が三・〇って言われたこともある。二・〇のCの切れ目が、所定の位置の二、三メートル後ろからでも見えるんだ。乗り役には結構いるぞ。乗り役ってのは、騎手のことだ。ジョッキーな。それより、双眼鏡でも見えないか」

「……ダメだ。お前がこれで見ればいいだろう」

「いや、それを覗くとフラついて、ここから落ちそうな気がするんだ」

「何だよ、それ」

平井は手びさしで山のほうを見ながら、まばたきを繰り返した。

「あの爺さんの話は本当だったんだな」

「誰の話だって?」

「昔、競走馬をたくさん持ってたご隠居さんだよ。今でもときどき競馬場に来るんだけど、馬主業は息子が引き継いでる。で、そのご隠居さん、今は株の配当で食ってるんだが、石浜食品って知ってるか?」

「知ってるよ。『カミカミ昆布くん』とか『パリパリおジャガさん』なんかをつくってる食品メーカーだろう」

どちらも祐介が好きなお菓子だ。

札幌に本社のある石浜食品は、北海道産の原材料にこだわり、低価格のスナック菓子から健康食品まで、バリエーション豊かな製品をつくり、成長著しい企業として知られている。最近は製薬事業も始めたらしい。

「その爺さんが、石浜食品の大株主でな。どうやら、この一帯に新たな工場をつくろうとしているらしいんだ。たぶん、そこの川から池に流れている水のことだと思うんだが、それがまた素晴らしい水なんだってよ」

平井の言わんとするところが読めた。

石浜食品が、この風死狩牧場の土地を買収しようと目論むも、所有者の立花が首を縦に振らない。そこで、石浜食品が、風死狩牧場を廃業に追い込むべく、さまざまな手段を講じてきている、といったところか。

「なるほど、ありそうな話だけど、どうかなあ。構わず、そこに工場をつくってしまえば、それでいいんじゃないのか」

「バカヤロー。人の口のなかに入るものをつくる食品工場の隣に、家畜が糞尿を垂れ流す牧場があるなんて、イメージが悪すぎるだろう」

「確かにそうだな」

そこで話は途切れた。

黙って周囲を眺めていた平井が、急に声を上げた。

「あれ？　あの人は……」

種牡馬厩舎の前に、いつもそこにいる頬っ被りの男が立っている。

「種馬の世話をしたり、斜面の畑を耕してる爺さんだよ」

「そうなのか。いや、間違いない」

と祐介の袖をつかんだ平井の手が震えていた。

「どうしたんだ」

「知ってる人だ」

「あの頬っ被りの爺さんか」

「そうだ。けど、爺さんなんかじゃねえ」

平井の視線が届いたかのように、頬っ被りの男が顔を上げた。

こちらに気づいたらしく、しばらく立ち尽くしていた。

男は、やがて、こちらに背を向けて厩舎に消えた。その動きには、確かに老人のそれとは思えない俊敏さがあった。

平井が一緒に来てくれと言うので、種牡馬厩舎に来た。

ここには通路を挟んで二つずつ、計四つの馬房しかないが、ひとつひとつは繁殖牝馬のそれより広い。

二頭の馬が、向かい合わせの馬房に入っていた。

栗毛馬の馬房のプレートには「サンダーホーク」、芦毛馬のそれには「サンダーホワイト」と記されている。

「風死狩牧場の馬は、『サンダー』の冠を使っていた時期があったんだよ」

馬房と馬房の間にある部屋の奥から、しわがれた声が聞こえた。

頬っ被りの男が椅子に座ってこちらを見ている。

男が頬っ被りを外した。

髪はほとんど白くなっているが、顔は思っていたより若い。肌に張りがあるし、何より、目の光が怖いほど強かった。

「やっぱり周治さんだ」

平井が声を震わせた。

「久しぶりだな、啓一」

「はい、ご無沙汰しております。よかったです、お会いできて」

平井は直立不動のまま言った。目が潤んでいる。

「心配かけたな。生きてるよ。だが、生きてるだけだ」

「それだけでも、充分です」

しばらくつづいた沈黙を、男の声が破った。

「一流騎手が、こんな辺鄙な牧場に、何の用で来たんだ」

「人を探しに来ました」

「そうか」

その返事の仕方からすると、男はこの牧場で起きていることを知っているようだ。しかし、平井は男と再会できたことで胸が一杯らしく、そこまで考える余裕はないようだった。

「おれのレース、見てくれていますか」

「もちろん見てるとも」

「どうですか。上手くなってますか」

「ああ。もう、おれがどうこう言える次元じゃない。おれは終わった人間だ」

男は平井の先輩騎手だったのか。

「周治さん、いつからここに?」

「ずっとだよ、ずっと」

「競馬関与禁止処分が出てから、ずっとですか」

男はこくりと頷いた。

「ここには寝るところも、食い物も、仕事もある。これ以上何を望むというんだ」

「そうですか」

平井は深々と腰を折り、厩舎を出た。

礼儀も敬語も知らないかに見えた平井がこれほどの敬意をもって接する頰っ被りの男は、いったい何者なのか。

寮に戻ったころには平静を取り戻したのか、平井は、食堂で茶を飲みながら男について話してくれた。

男は柏原周治という、かつてのスタージョッキーだった。

一九八〇年代半ばに騎手としてデビューし、十八歳だったデビュー二年目にGⅠを勝って「天才」と騒がれた。翌年、早くもリーディングジョッキーになり、以降、その座を定位置とする。柏原が二十代の絶頂期だった一九八〇年代後半から一九九〇年代初頭にかけて、バブル景気の後押しもあり、日本に未曽有の競馬ブームが訪れた。整ったマスクと、華のある騎乗で人気を博した彼は競馬界の顔となり、国民的スターになった。

しかし、レース中の落馬事故で全身の数十カ所を骨折し、片方の腎臓を摘出するほどの大怪我をしたのを機に、キャリアは暗転する。

一年以上のブランクを経て復帰したのはいいが、「見えない糸で騎乗馬を操る」と言われた以前のような騎乗をすることはできなくなっていた。そうなると騎乗馬の質が落ち、さらに勝てなくなるという悪循環に嵌まってしまった。

柏原は荒れた。しばしば暴力事件や女性関係の問題を起こすようになり、主催者は火消しに躍起になった。

ちょうどそのころ、下の世代の騎手が台頭してきた。

その代表が平井だった。

平井は、自分と同じく一七〇センチを超える長身の柏原に憧れ、道中の騎乗フォームも、スパートをかけてからの追い方も、鞭の持ち替え方も、全盛期の柏原のまねをしていた。

そんなとき、事件が起きた。

柏原が勝利したレースの騎乗馬から、競走能力を高める禁止薬物が検出されたのだ。競馬法違反の嫌疑をかけられ、警察の捜査が入った。

犯人は、騎手か、厩舎を預かる調教師か、馬の世話をする厩務員か、稽古をつける調教助手か、それとも馬主か——。

マスコミが興味本位に犯人探しをしていたさなか、二度目の薬物事件が起きた。またも柏原の騎乗馬だった。前回とは厩舎も馬主も異なる馬だった。二つの事件に共通している要素は「騎手」だけだった。

さらに、ジョッキールームの柏原のロッカーから、微量の覚醒剤と注射器が見つかった。ストレスにさらされていたかつてのスターが薬物に逃避するという筋書きは、安易なだけに、受け入れられやすかった。

騎手・柏原周治のすべてが終わった。

逮捕、勾留、起訴されて、刑事裁判の被告人となった。

執行猶予付きの判決が下されたが、柏原に行くところはなかった。

ＪＲＡからは、競馬関与禁止五十年の処分がなされた。

実質的な永久追放であった。


「あれから十年か。早いもんだな。もともと敵の多い人だったし、最後のほうは、誰もあの人の味方をしなくなっていた」

平井は胸の前で腕を組み、目を閉じた。

柏原周治のキャリアは、平井のそれに驚くほど似ていた。平井が自身のアイドルの足跡をなぞったかのようにも思われた。

「覚醒剤をやっちゃったんなら、かばいにくいよな」

「そうなんだけど、荷物から出てきただけで、尿検査はシロだったんだ。馬の禁止薬物にしても、レースで上位に入った馬は全部尿検査が義務づけられているから、検出されるのがわかり切ってるわけだろう。で、一着でゴールしたとしても、失格になって、賞金も入らなくなる。それに、冷静に考えれば、レース当日、騎手が馬に薬を飲ませたり注射したりできる時間なんてあるわけがない。あの人がいなくなって何年か経ってから、誰かに嵌められたんじゃないか、って言われるようになったんだ」

「確かに、柏原さん本人には、薬物を投与してもメリットがないものな」

「今思うと、あのときは、みんなが誰かを犯人にして安心したがっていた。空気って恐ろしいよな」

「もし柏原さんが嵌められたんだとしたら、真犯人は誰だったのか、見当はついているのか」

「噂はいろいろ出たよ。レース当日、薬を投与できる場所は、出走馬が入る競馬場内の厩舎か、装鞍所という鞍をつけるところしかなくて、関係者以外は出入りできなくなっている。特に装鞍所の警備は厳しくて、マスコミも入ることができない。でも、厩舎なら新聞記者も入ることができるし、調教師や馬主は出入り自由だ。人によっては、自分に関係のない馬の厩舎にいたとしても怪しまれない」

「そのなかで、事件が起きてメリットがあるのは……」

「新聞記者ぐらいかな。ただ、やつらにしたって、あまり騒ぎすぎて競馬界全体のイメージが悪くなると、結局自分で自分の首を絞めることになる。だから、強い動機があるってわけじゃないんだよなあ」

「となると、怨恨か、愉快犯か」

「だろうな。案外、女を寝取られたとか、人前で罵倒されたとか、その程度のことが動機なんじゃないか。愉快犯だとすると、誰が怪しいのか見当もつかねえ」

平井は苦笑し、ため息をついた。そして、思い出したように背筋を伸ばし、ポケットからUSBメモリを取り出した。

「お前のタブレットで、このなかのファイルを見ることができるか」

二人は祐介の部屋に移動した。そしてUSBメモリをタブレットPCに差し込んでフォルダをひらき、JPEGファイルをタップした。

すると、未来都市の立体的な完成予想図のようなカラーイラストが表示された。

〈『石浜フードイノベーションヴィレッジ』ファシリティ〉

上部にそう記されている。

山の中腹に大型マンションのような建物が五、六棟並び、その端の背の低い建物の屋上は庭園になっている。周囲の緑に溶け込むような車寄せと巨大な駐車場があり、敷地内を現代版のトロッコとでも言うべき、可愛らしい貨車が走り、洒落たコテージが沿線に点在している。

「これは例の石浜食品が、さっきの建設予定地につくろうとしている食品工場だ」

と平井は言い、つづけた。

「見てわかるとおり、『工場』というのは名ばかりで、実際は、研究施設、競合他社も利用できる実験施設や展示会場、講堂、会議室、レストラン、バー、体育館とトレーニングジム、テニスコート、サッカー場とホテル、レジデンスのある『都市』だ」

確かに、この近代的設備に隣接する土地に、寝藁や馬糞の匂いがする「農場」があるのは邪魔で仕方がないだろう。

「それで、石浜食品のやつらが、風死狩牧場を潰そうと、見せしめに殺人を繰り返しているというのか?」

「その可能性もゼロじゃないだろう」

部屋の前の廊下から足音がした。

昼寝をしていた従業員が、午後の作業に向かうのだろう。

ジジジ、と、アブラゼミの声が聞こえる。

外には夏の陽が降りそそいでいる。

六

今江と加山が同時に姿を消した。

平井から石浜食品の工場建設計画を聞いていなかったら、一連の失踪事件の延長線上の出来事だと思ったかもしれない。しかし、彼らが石浜食品とつながっていると考えたら、どうか。確かにあの二人は、なぜここで働きはじめたのか、よくわからないところがあった。今江の婚約者の父というのも、どうやら存在しないようだ。加山に至っては、祐介を容疑者に仕立て上げ、風死狩牧場の人間たちを疑心暗鬼の渦に巻き込むために来たようなものだ。

今江が、次は自分ではないかと怯えていたのは演技だったのか。

そう考えると、いろいろ辻褄が合う。と同時に、次の被害者が祐介になる可能性も、現実のものとして警戒しなければならなくなる。

元騎手の柏原も怪しい。平井にとってはかつてのアイドルだから、フラットな見方をすることができなくなっている。優花をたびたび種牡馬厩舎で見かけるようになったのも気になる。平井に話しても、かつてのトップジョッキーに馬乗りを教わりに行くことのどこがおかしいのだと取り合おうとしない。

同じような陽気がしばらくつづいている。

昼間はここが北海道であることを忘れるほど蒸し暑い。が、夕方になると涼やかな風が汗を乾かしてくれる。

部屋にエアコンが付いていないのも、これなら納得できる。

いつも祐介は、夜、窓を少し開けて寝るようになっていた。網戸を閉めていれば虫は入ってこないし、ときどき馬が鳴いたり、馬房の壁を蹴る音がすると、ゆったりした安堵感が胸にひろがり、心地好い眠りに引き込んでくれるのだ。

しかし、平井が来てからは、そうして眠ることができなくなった。というより、寝ていられなくなったのだ。

平井の行動力と体力は凄まじかった。

早朝から育成厩舎に行き、調教を手伝う。毎朝、五、六頭に乗っているようだ。

午後からは、寝藁交換や、カイバを付ける作業をし、イヤリングや繁殖の厩舎にも顔を出す。

その合間に、事務所の裏の社宅周辺を見て回り、柏原がいる種牡馬厩舎でも作業を手伝っているようだ。

そして、夕方から、敷地の上のホスピスと特別養護老人ホームに行っている。

フィアンセの弟の橋本拓実を探しているのだ。

ただ探すだけでなく、何度も足を運ぶことでそこの人間たちと親しくなり、いろいろな話を聞き出してくる。

ああいう性格だから、初対面の人間ともすぐに打ち解ける。

そのうち、みなが寝静まった夜にも来てほしい、と、一部のホスピスの入院患者や、特養の入所者に言われるようになった。

ほとんど眠らず、人生の終わりの時間を待っている人もいるのだという。

それが橋本を探すことに役立つのかはわからない。が、祐介も、毎晩ではないが、深夜の施設訪問に同行するようになっていた。

「まずは達吉(たつきち)さんの部屋に行くか」

東の種牡馬厩舎のほうへ、メインストリートを自転車で並走しながら平井が言った。

「あの人、本当に大丈夫なのか」

達吉という老人は、重度の認知症で、まともに話ができる相手には見えなかった。

「日によってはな。それに、ときどき目が覚めたみたいに昔のことを思い出して、訊いてないことまでしゃべってくれる」

達吉から預かっている個室の鍵で、一階の集合玄関の鍵も開けることができる。

そうして特養に入ってしまえば、なかの廊下が隣のホスピスとつながっているので、そちらにも入って行けるのだ。

達吉が鍵を紛失したといっても、ボケているのだから仕方がないと職員たちに受け取られ、不審に思われることはない。

調教コースに突き当たって左に行き、種牡馬厩舎へとつながる道を途中で左に逸れると、なだらかな斜面が特養の敷地につながっている。寮の裏の斜面を上ると病院の正面に出てしまうのだが、こちらからだと特養の裏庭に出るので人目につかない。

二人は自転車を置いて、斜面を上った。

「達吉さん、こんばんは。祐介も一緒に来たよー」

と部屋に入ると、ベッドの脇に老婆が座っていた。

彼女も平井の知り合いだった。

「何だ、トメさん、来てたのかよ」

「何だはないだろう、何だは」

と言い、小さな丸テーブルに、平井と祐介の茶を淹れてくれた。

達吉は、ベッドの上であぐらをかき、背筋をまっすぐ伸ばしている。片手を膝に置き、音を立てて茶をすする姿は、どこかの親分さんのようにも見える。

「よく来たな、若い衆。平井のケイと、そちらさんは？」

と達吉は片方の眉を上げ、祐介を見た。

「藤木祐介です。先日、お目にかかりました」

「おっと、そりゃ失礼。この年になると忘れっぽくなっていけねえ。今夜聞きたいのは何かい、そこの風死狩牧場の因縁かい。そう来なくっちゃねえ。ときは明治三十年、西欧のハイカラな文明が、大和(やまと)の国古来の文化を食い尽くしたり、上手いこと合わさって、和洋折衷なんて言葉ができたころだと思いなせえ――」

達吉は噺家(はなしか)のような調子で話しはじめた。

平井が祐介を横目で見て、口元で笑った。

今夜は、達吉の大丈夫な時間に当たったようだ。

最初のうちは、祐介も、それこそ講談でも聴くつもりで耳を傾けていたが、その話のあまりの壮絶さに、全身が総毛立つのを感じた。

明治の終わり、北陸から北海道に集団移住してきた一族は、先に移住してきた港町の官吏や分限者と凄惨な殺し合いをした。発端は、移住者の娘二人が、港町の男たちに凌辱され、自死したことだった。報復に、移住者は港町の官吏の娘をさらってきた。そして港町の者たちを閉じ込めた宿に火を放ち、焼き殺したという。

達吉は話をつづけた。

「その移住者の長が、のちに風死狩牧場をつくり上げた立花嘉右衛門さ。愛娘(まなむすめ)を二人同時に殺された嘉右衛門は、さらってきた官吏の娘を孕(はら)ませ、その子を立花の一族として育てた。これも嘉右衛門なりの復讐(ふくしゅう)だわな」

と達吉は話をやめて、茶を飲んだ。

「相手方の、港町の官吏と分限者たちは皆殺しにされたんですか」

祐介が訊くと、達吉は「否(いな)」と首を横に振った。

「どっこい、生き残った者もいたんだな。もちろん、家族や仲間を殺された仕返しをすぐにでもしたいところだったが、それをきっかけに、開拓地をめぐる悪事が露顕するのも都合が悪い。幸い、やつらには不正で得た金があった。その金を元手に札幌に食品会社をつくったのよ。それがあの石浜食品ってわけさ」

と達吉は、丸テーブルに置かれた「ふんわり雪飴(ゆきあめ)ちゃん」を指さした。

「ということは、タッちゃん。ここんとこ風死狩牧場で死人が続出してるのは、やっぱり、石浜の復讐だって言うのかい」

平井が言うと、達吉はニヤリとした。

「今に始まったことじゃねえ。長い時間かけて、じっくり、たっぷりと、風死狩の立花たちをいたぶってるんだよ。明治のころから、馬場の柵に内臓のない死体がぶら下がっていたり、丸焦げになった死体が馬場に埋められていたり、ひでえ死に方ばかりさせやがる」

「そんなに昔から……」

祐介が呟くと、トメが呆れたように言った。

「あんたがた、そんなことも知らないで風死狩牧場で働いていたのかい」

「知っていたら働きに来ません」

「このへんじゃ有名な話よ。もっとも、若い人たちは年寄りの話を聞かないから、知らなくても仕方がないのかしら」

「ぼくらはこうして聞いているじゃないですか」

「そうね。でも困ったわね、ホッホッホ」

とトメは楽しそうに笑った。

祐介は、生首になって転がってきた安西の落ち窪(くぼ)んだ眼窩(がんか)の黒さを思い出していた。池から突き出た大根田の両脚の絶望的な硬さと、放牧地の上で踏みつけてしまった吉田の背中の嘘のような脆さも感覚の記憶として祐介の体内に残っている。

彼らはみな、百二十年前から渦巻く怨念の犠牲になったのだろうか。

達吉が黙っているのでどうしたのかと思ったら、背を丸めて口を開けている。平井が声をかけても目をとろんとさせている。今夜、達吉と話ができる時間は終わってしまったようだ。

明るく健康的なイメージの石浜食品に、そんな血なまぐさい過去があったというのは意外だった。

その石浜食品と風死狩牧場の対立の構図はわかった。

しかし、それとて、橋本の行方を突き止める手がかりにはならない。騎乗停止中の平井がここにいられるのは、あと十日ほどだという。

平井がいるうちに、橋本を見つけ出すなり、手がかりをつかむことはできるだろうか。

「なあ、ホスピスのほうはどうなんだ」

非番だった日曜の夕方、祐介は自分の部屋で平井に訊いた。

「それがなあ」

「どうしたんだよ」

「ほら、よくドラマとかで、緑豊かな高原のホスピスに薄幸の美女がいて、二枚目の主人公と恋に落ちたりするだろう」

「そういう美女がいるのか」

「いるんだよ」

と平井は身を乗り出し、つづけた。

「それもひとりや二人じゃない。まあ、全部が美人ってわけじゃねえけど、二十代や、おれたちと同じくらいのもいれば、四十代、五十代の女が……十人ぐらいかな」

「何かの見間違いじゃないのか」

「バカヤロー、おれの視力がいくつあると思ってる」

「あ、そっか」

確かに、平井の視力なら、少しぐらい暗くても細部まで見えるはずだ。

「想像なんだが、あれは立花のジジイが揃えたんじゃねえかな。あの女たちは確かに覇気がねえが、病人には見えねえ。自分からここに来たわけじゃなく、世代のバランスを考えて集められたような気がするんだ」

「でも、何のために」

「それがわかんねえから困ってんだよ」

しばらく黙っていた平井が、ブルゾンのポケットから折り畳んだ紙を出した。祐介に見えるようひろげると、風死狩牧場全体の見取図だった。どの社宅に誰が住んでいるか、寮のどの部屋に誰がいるかまで書かれている。

「祐介、これを見て、どう思う」

「よくここまで調べたな」

「そうじゃなく、何かおかしいと思わないか」

「いや、わかんないなあ」

「この牧場に繁殖牝馬は何頭いる」

「二十頭」

「当歳馬は」

　すべての牝馬が毎年仔馬を産むわけではない。今年は、二十頭のうち八頭が仔馬を産まず、自分一頭で馬房に入っている。

「十二頭かな」

「それで三十二頭だ。ほかに、イヤリングが十四頭、育成馬が十三頭、休養馬は四、五頭、種馬が二頭。合わせて何頭だ？」

「六十五、六頭か」

「それなら、繁殖は三、四人、イヤリングは二、三人、育成は乗れるやつが三、四人と、厩舎作業を専門にするやつがひとりいれば充分だ。現場には十人もいれば、馬をきちんと世話できる」

　二頭の種牡馬は柏原がひとりで担当している。

「今の風死狩牧場は、ちょうどいいか、ちょっと人が多いぐらいかな」

「ああ。立花のジジイと事務局のみどり、寮母のあかね、それに柏原さんを加えると、今、風死狩牧場にいるのはおれを入れて十四人だ」

　行方のわからない橋本と今江と加山や、祐介が東京競馬場の牧場ワークフェアで会った西口は含まれていない。

「ほかの人たちは、みんな、上のホスピスと特養で働いているのかな」

「たぶんそうだ。でも、それがおかしいんだよ」

「どういうこと？」

「見取図をよく見ろ。社宅が十七軒もあるんだぞ。それぞれの名前の横に丸で囲んである数字が、その家に住んでいる家族の人数だ。合計してみろ」

祐介は、足し算をしながら驚いていた。

「六十人!?」

「立花のジジイと、繁殖、イヤリング、育成の各厩舎長も社宅に入ってるだろう。そいつらを引いても五十六人だ。そのなかに子供はひとりもいない」

「それだけの人数がホスピスと特養で働いているとは思えないな」

勤務している人数が多い昼間に行ったこともあるが、それぞれに十人いるかどうかだった。

「何より、それだけの人数が社宅と上の敷地を行き来したら、通り道のここは、普段からもっと騒がしくなると思わないか」

「確かにそうだな。じゃあ、どういうことなんだ」

「答えはひとつ。別の道があるんだろう」

「別の道？」

「そう。立花はセコいジジイだが、馬だけは大切にする。放牧地全部にモスキートマグネットを置いてるだろう」

「ああ、プロパンガスで蚊を集めて取る、ロボットみたいな機械か」

「あれはひとつ二十万円ぐらいするし、維持費だってバカにならねえ。この規模の牧場で、あんなもんを入れてるところはまずない。その立花が、どこより清潔にしなきゃならない繁殖厩舎のすぐ近くを、病院や老人ホームの職員が何十人も通ることを許すはずがねえと思うんだ」

「じゃあ、すぐ近くだけど、車でいったん外に出てから行き来させてるのかな」

「お前、あのゲートがそんなにしょっちゅう開いたり閉まったりしてんの、見たことあるか」

「いや、ない。でも、そうじゃないとしたら、どこを通るんだ」

「たぶん、下だ」

と平井は床を指さし、

「ちょっと待ってろ」

と部屋を出て、すぐに戻ってきた。祐介も牧場事務所で読んだことのある『風死狩牧場史』を手にしている。

「いつだったか、祐介がこれ読んで面白かったって言ってただろう。だから一冊持ってきたんだけど、ほら、ここ」

と巻末のほうの「風死狩のあゆみ」と題された年譜が載ったページをひらいた。

ここなら祐介も読んだ。

平井は、大正二（一九一三）年の項目を指し示した。

「住井との合弁で鉱山開発に着手（鉄鉱、マンガン、金、銅、砒素）」とある。北海道に渡ってきた立花嘉右衛門が当主だったころだ。二代目の善太郎が新冠御料牧場から馬の払い下げを受けて競走馬の生産を始めるのは大正十二（一九二三）年だ。その十年前に鉱山開発が始められたことになる。

「国道から細い道がここに通じているだろう。牧場に近づくにつれて、道の脇に不自然な横穴や石垣みたいなのが多くなるから、何だろうと思っていたんだ」

祐介はまったく気づかなかった。

「このへん一帯が鉱山だったのか」

「たぶんな。だとすると、この下に坑道がめぐらされている可能性がある。で、ちょっと調べたんだが、門の脇と調教コースの櫓は、労働者がエレベーターみたいに使った立坑櫓の名残じゃねえのか」

祐介は「立坑櫓」をネット検索してみた。こんなものがあることを初めて知った。

「もしケイの言うとおりに、地下の坑道が今も使われているとしたら、この敷地内にも出入口があるはずだよな」

「何カ所かな。この人数で一カ所じゃ足りないだろう。怪しいのは、事務所と、斜面の一番上に建っている立花の社宅と、ここと、採草地の向こうのガレージだ」

「この寮もか」

「社宅と事務所とここは綺麗に一直線上にあるだろう。もう少し奥で直角に曲がれば、採草地の先のガレージまでもまっすぐ行ける。もしホスピスに地下のフロアがあるとしたら、あそこがちょうどいい出入口になる」

「なるほど、地下か。あのホスピスはもともと傾斜地に刺さるみたいに建っているから、その下に隠しフロアがあっても不思議じゃないな」

「拓実がいるとしたら、それぐらいしか考えられない。生きているとしても、死んでいるとしても」

「社宅のどれかってことはないのか」

「全部調べた。靴や洗濯物、歯ブラシなんかを見て居住者の数を調べるとき、いちおう見て回った」

と、十数本の鍵の束の写真をスマホに表示させた。事務局のみどりが机に置いたときに撮影し、形や、刻印されたナンバーと同じものをネットで購入したのだという。

「ただ、立花のジジイの家だけはガードが固くて入るのを諦めた。防犯カメラが玄関先にも室内にも何台もあって、ネットでライブ中継してるんだろう。馬が産気づいたときに使うのと同じシステムだ」

　缶ビールを空にした平井は、ポケットから別の紙片を取り出し、床に置いた。

「立花のジジイ－みどり＝（?）あかね♡ゆうすけ」

　平井の字でそう書かれている。

「な、何だよ、これ」

「今の時点で、絶対に確実な人間関係の相関図だ」

「このハートマークは何なんだ」

「順番に説明してやる。まず、みどりとあかねはおそらく立花の娘だ。昔、医大に行ってる娘がいるって言ってたんで、自分と同じ医者にしたんだろう」

「立花さん、医者なのか」

「そうだ。獣医師の免許も持ってる」

「で、みどりとあかねの間のイコールとはてなマークはどういう意味なんだ?」

「あいつら、双子だって言ってるけど、お前、あの二人が一緒にいるところを見たことがあるか」

　みどりとは事務所、あかねとは寮でしか会ったことがない。

「言われてみれば、ないな」

「そうだろう。おれは二人が同一人物の可能性があると見ている。ひとりでみどりとあかねの二役を演じているんじゃないか、とな」

「何のためにそんなことをするんだろう。考えられるとしたら、実際はひとりしか雇っていないのに、二人雇っていることにして、控除額を大きくするとか……」

「あり得る。億の金を稼ぐやつってのは、五百円をケチるもんだからな」

祐介は気になることを、もう一度訊いた。

「あかねとおれの間のハートマークは何なんだよ」

「あの女がお前に惚れてるってことだ。事務所のみどりとお前が一緒にいるところは見たことはないが、寮のあかねがお前を見る目は普通じゃないぞ。なあ、ああいう女は好みじゃないか」

ここに来た夜に見た夢が思い出されたが、頭から追いやった。

「そういう対象として考えたことがないから、わかんないよ」

「あかねとお前が両思いだと都合がいいんだがな」

「何でだよ」

「立花一族と石浜食品の対立の詳細を知るには、まず、立花の内実を、おれたちが把握する必要があると思うんだ。立花と娘が味方同士というのは間違いない。そういう関係に切り込むのに一番手っとり早いのは、男女の結びつきだ。娘をこちらの味方につけることはできなくても、いろいろな情報を引き出せるだけでもありがたい。そう思うだろう、祐介」

「ま、まあな」

「じゃあ、おれの言うとおりにしろ。早いほうがいいんだが、今夜あかねが寮にいなければ、明日の夜でもいい。あかねに虫刺されの塗り薬を持っていないか訊け。持っているわけがないから、『ない』と言われるだろう。そうしたら、残念そうに『そうですか』と背中をかきながら、トボトボと部屋に戻るんだ。そうすれば、ほかの寮生が寝静まったころ、あかねは自分の部屋かどこかから薬を持ってきて、お前の部屋に来る。そのとき、嬉しそうに『来てくれたんですか』とあかねに抱きつけ。向こうも抱きしめてきたら、そのままベッドに入れ。で、首筋がベストなんだが、とにかく、見えるところにキスマークをつけてやれ」

「お前、本気で言ってんのか」

「当たり前だ。次の日、事務所のみどりにもキスマークがあれば一人二役だし、なければ本当に双子だった、ってことだ」

「そもそも、薬を持って来てくれるとは限らないじゃないか」

「もし来なければ、おれたちが利用できるほど、あの女はお前に惹かれてるわけじゃないってことがハッキリするわけだから、それはそれで意味がある」

「ケイがやれよ」

「ダメだ。あいつはおれを煙たがってる」

「意味がないと思うけどなあ」

祐介が言うと、平井はあぐらをかいた左右の膝に両方の手を乗せ、

「頼む、やってくれ。こうでもしなきゃ、拓実を探す手がかりをつかめないんだ」

と頭を下げた。

「お、おい、やめろよ」

と祐介は、平井の肩を押し、頭を上げさせた。

少しの間、考えた。

たとえ橋本を探すためだとしても、それは、あかねの気持ちを弄ぶことになりはしないか。祐介に異性としての興味など抱いておらず、拒絶されたとしても、傷つけてしまうことに変わりはないような気がする。

いや、しかし――。

またあの夢が思い出された。自分はあかねを女として見たことはないが、嫌いではない。ひょっとしたら、あかねの「女」の部分をあえて見ないようにしているだけで、潜在意識では彼女を求めているから、あんな夢を見たのではないか。

祐介は、平井に、その夢について話した。

平井はゆっくり頷き、言った。

「それは夢なんかじゃねえ。身体検査だ。おれがアメリカのサンタアニタパーク競馬場でジョッキーライセンスを取ったときも、ドクターチェックで金玉をぎゅっと握られたんだ。男だ、ってことを確かめるためにな」

「最後、唇にやわらかいものが触れたのは何だったのかな」

「身体検査の前にハンカチにしみ込ませたエーテルでもかがされて、朦朧（もうろう）としてたから、記憶の前後が逆になったとか、そういうことじゃねえか」

「なるほど」

「今度はお前が身体検査をしてやれ。それでフィフティ・フィフティだ」


次の日の夜、平井に言われたとおりあかねに話しかけてから、部屋に戻った。

いつもなら鍵をかけて寝るのだが、この夜は開けたままにして電気を消した。

細く開けた窓から、虫の声が聞こえてくる。

眠りに落ちかけたとき、窓から入り込む風が強くなった。そしてまた風が止まった。

誰かが部屋に入ってきた。

ドアのこちら側に人影が見える。しかし、顔まではよくわからない。

祐介はベッドから立ち上がり、一歩前に出た。

灯をつけようか迷ったが、そのままさらに近づいた。

耳の奥に響く自分の鼓動が大きくなった。

少し太めのシルエットは、戸惑っているように感じられた。

あかねが部屋に来たら何と言って迎えるよう平井に言われたのか忘れてしまい、立ち止まった。

思い出した。

「来てくれたんですか」

と両手を伸ばしかけたとき、相手の顔が見えた。

あかねではない。男だ。

——どういうことだ?

わけがわからずにいると、男が距離を詰めてきた。腹に強烈な蹴りを食らい、吐きそうになった。うずくまると、後頭部にもハンマーで叩かれたような衝撃が来て、床に前のめりに倒れ込んだ。

どこかで見た顔だった。

祐介は、寝返りを打つように仰向けになった。

男は祐介を見下ろしている。

僅かに射し込む月明かりが、男の顔を浮き上がらせた。

——どうして、こいつがここに……。

六月のなかごろから見かけなくなった夫婦ものの片割れに似ている。

男は部屋の奥に行きかけたが、立ち止まって舌打ちし、外に出て行った。

まだ頭ががんがんする。無理して起き上がらないほうがよさそうだ。

——何でこんな目に遭わなきゃならないんだ。

眠くなってきた。このまま寝たら、もう二度と目が覚めないような気がして、笑うしかないような妙な気分になった。

またドアが開いた。

不思議なくらい恐怖は感じなかった。

目を閉じて、衝撃に備えた。

「なしたの、祐介君」

あかねの声だった。

目を開けたら、すぐそこにあかねの顔があった。

「頭を打っちゃって……」

「てっ転んだのかい」

「う、うん。もう起きれるかな」

黙ってこちらを見ているあかねの顔に手を伸ばし、メガネを外した。

驚くほど顔の印象が変わった。

「何してんの。ほれ、起きなさい」

あかねに抱えられ、よろめきながら立ち上がり、そのまま抱き合う格好になった。

「来てくれたんだね、ありがとう」

祐介が言うと、あかねの両腕に力がこもった。

やはり、あれは夢ではなかった。あのときと同じ甘い匂いがした。

腕のなかのやわらかさが、急に愛おしくなった。

あかねの肌は吸いつくようにしっとりして、あたたかかった。

次の日の昼休み、祐介は食堂で天ぷらそばを食べていた。

最後に取っておいたエビを口に入れると、入口で平井が手招きしていることに気がついた。

「ごちそうさま」

と配膳台にお盆を下げると、厨房のあかねから、

「はいよー」

と、いつもどおりの声が返ってきた。

あかねの左のうなじには、うっすらとキスマークが残っている。

平井は、祐介の腕を抱えて外に連れ出した。

「よくやったな、祐介。さっき、あかねの首筋を見て、涙が出そうになったぞ」

「何言ってんだよ」

「お前に謝らなきゃならないことがある」

だいたい見当がついた。平井はつづけた。

「今、事務所に行ってきたんだが、みどりの首にキスマークはなかった」

「そうか」

「みどりとあかねは別人だということがはっきりした」

「それより、ＬＩＮＥじゃまずいと思って伝えてなかったんだけどな――」

祐介は、前夜、あかねが来る前に入ってきた男について話した。

「そいつは、石浜食品が送り込んだスパイの可能性があるんじゃねえか」

「じゃあ、嫁のほうもどこかに潜んでいるかもな。確かに、夫婦というには不釣り合いな感じがしてたんだ」

「で、あかねから何か話は聞けたか」

「ごめん。ほとんど話ができなかったんだ」

「もう少し時間がかかるか。焦るな。それと、ミイラ取りがミイラになるなよ」

「それは心配ない」

「いや、おれは心配だ。お前は人がよすぎる。あかねに惚れるのはお前の勝手だが、拓実のことを忘れないでくれ」

その夜も、次の夜も、部屋にあかねが来た。

祐介はあかねの体に溺れた。

体中すべての毛穴から甘い蜜を塗り込まれ、それをまた吸い取られるかのような、味わったことのない快感に骨まで震えるような感じだった。

その間、平井はひとりでホスピスと特養に忍び込んだり、牧場内をくまなく回り、地下の坑道への出入口を探しているようだった。

平井は、ここに来たばかりのころより眼窩がくぼみ、頬がこけていた。食堂などで悪ふざけをすることも少なくなった。彼にとって、一日経つということは、すなわち、探している橋本拓実の生存の確率が低くなることであり、また、自分がここにいられる残り時間が少なくなることであった。

ふと思った。

――ひょっとしたら、おれは洗脳されようとしているのか。

ここに来た男はみなこんなふうに抱き込まれ、変死体や行方不明者が続出するのが日常となっている風死狩牧場のシステムに取り込まれてしまうのではないか。

――いや、それは違う。

肌を合わせているときのあかねは、間違いなく自分を愛してくれている。それ以上確かなことが世の中にあるわけがないとも思う。ただ、いつも貪るように抱き合い、終わるとすぐあかねが帰ってしまうので、橋本の居場所などを聞き出すことはできずにいた。

初めて体を重ねてから四日目の夜、いつものように、ことが終わると祐介は心地好いまどろみの時間を楽しんでいた。

あかねが服を着て、スマホを取り出した。祐介が眠っていると思ったのだろう、スマホを操作して耳に当てた。メッセージを聴いている。何を言っているのかはわからなかったが、確かに男の声だった。

——こんな時間に、誰だ。

胸に湧いてきたのは、チリチリした嫉妬心だった。

あかねがそっとドアを閉め、出て行った。

今し方まで抱き合っていたのに、ほかの男の声を聴いてそそくさと立ち去る神経が許せないような気がした。

祐介は裸足（はだし）のままあとをつけた。スリッパだと音が響くからだ。

あかねは階段を降り、食堂の前を抜けて、左手の玄関から出るのではなく、玄関の前で廊下を右に曲がった。その先はすぐ突き当たりで、手前の右が食糧などの保管室、左の部屋には洗濯機や乾燥機が置いてあり、奥の洗面所やトイレにつながっている。

あかねは右の部屋に入ったようだ。

慌てていたのか、右の部屋の引き戸が薄く開いている。

何をしているのだろう。

祐介は左の洗濯室に入り、そこから向かいの様子を窺った。

向かいの部屋の灯が消えた。一分、二分、三分と待っても、あかねは出てこない。

ひょっとしたら、この部屋に地下の坑道への出入口があるのかもしれない。

急に目が覚めてきた。

目が冴えてくると、さっき胸のなかで渦巻いていた嫉妬心は何だったのか、という気になってくる。

平井によると、あかねは医師だという。

まさか、媚薬を食事に混入され、気持ちと感覚をコントロールされていたのか。

——それはどうでもいい。

祐介は二階に走った。

——頼む、ケイ、部屋にいてくれ。

平井の部屋に鍵はかかっていなかった。ドアを押し開けると、奥から黒い影が凄まじい勢いで迫ってきた。その影は祐介の目の前でふっと緊張を解いた。

「何だ、お前か」

と平井は目をこすった。眠っていたようだ。なのに、この俊敏さ。悔しいが、反射神経と身体能力の次元が自分とは違う。

あかねが消えたことを話すと、平井はすぐに着替えて出てきた。

「靴を履いたほうがいい。部屋にあるか」

と平井が訊いた。

「スニーカーなら」

「それはギャグか。こんなときに革靴を履くバカはいねえだろう」

二人は一階の食糧保管庫に入った。

祐介が引き戸を閉めようとすると、平井に止められた。

「オートロックがかかって、出られなくなったら困るだろう。何度かこの部屋に入ろうとしたんだが、どの鍵も合わなかったんだ」

とキーホルダーを見せた。

灯のスイッチに手を伸ばしたら、頭をひっぱたかれた。

「何を考えているんだ。これを使え」

とペンライトを一本貸してくれた。

自分は別のペンライトで壁や天井を照らしている。

右奥の冷蔵庫の前で、平井は立ち止まった。

「ここだ。向こう側は階段のはずだが、この壁からだと三、四メートルはある。つまり、ここにそれだけの空洞があるってことだ」

「どうやったら入れるんだ」

「それを今考えている」

「『ひらけゴマ』で壁が動くといいんだけどな」

「お前、なかなかいいこと言うな。音声認識装置か。いや、こういう時間に出入りすることもあるんなら、それはねえな」

ちょうど日付が変わったところだった。

「さっきも彼女の声は聞こえなかった」

「ほかの音は？」

「しなかった」

「ということは、手動だ。わかった、これだな」

と平井は冷蔵庫と壁の隙間に体を滑らせ、胸くらいの高さを指さした。そこだけ少し色が変わっている。

平井はそこに手を当て、押し込んだ。

壁が動いた。中心部を軸に、回転扉のように、平井のいる右側が奥へと動いていく。同時に、祐介の前に現れた空間が大きくなっていく。

「そっちはどうなってる？」

平井が訊いた。

「階段がある」

二人が並んで歩けそうなほど幅のある螺旋階段が、下方の闇へと延びている。

「なるほど、この把手を引いて閉めるわけか」

祐介の背後に回った平井が、そう言って壁を元に戻した。

すると、天井に照明が灯った。

「冷蔵庫のなかの電灯と同じ仕組みかな」

「そうらしいな」

螺旋階段は地下十数メートルまで延びていた。

下に降りた二人は、言葉を失った。

目の前に、坑道があった。

幅も高さも五メートルほどか。天井はネットで覆われ、鉄骨のところどころに電球がぶら下がっている。両側の壁面は岩肌が剝き出しになっており、天井との境目に、直径二〇センチほどのパイプが二本延びている。

左右から延びてきている坑道が、二人のいるところで大きくカーブしている。

左はホスピスと特養の方向で、右は牧場事務所の方向だ。

「あかねはどっちに行きやがった」

と左側の坑道の奥に目を凝らす平井に、祐介は言った。

「そっちだ。ホスピスのほうだ」

「どうしてわかる」

「思い出したんだ。さっき、部屋で彼女が再生したメッセージ、ところどころ声が漏れてきて、『クランケ』とか『急変』と相手が言っていたということが、頭がすっきりした今になってわかったんだよ」

「そうか。それなら、あの女が戻ってくるまでまだ時間がかかるだろう。まずホスピスの地下から見に行くか」

と二人は坑道を左へ進んだ。

「けっこうひんやりしてるね」

「地下一〇メートルより深くなると、年中、気温は一定なんだよ。一年の平均気温と同じぐらいだから、北海道は十度ぐらいだろう」

「よく知ってるな」

「馬主で、福島と島根に鉱山を持ってるおっさんがいてな。何回も同じ話を聞かされているうちに覚えちまった」

「北海道も鉱山は多いのかな。夕張(ゆうばり)の石炭とかは有名だけど」

「多いも何も、鉱山だらけだ。この近くの、喜茂別、上喜茂別、倶知安の鉱山は明治時代に発見されたはずだ。支笏湖のほうの恵庭や、千歳、光竜の鉱山では、金がかなり採れたらしい」

「そういえば、『風死狩牧場史』の年譜にも『金』って書いてあったな」

「採掘権の争奪戦には内地の財閥も乗り出してきてたんだ。立花のジジイの一族と、石浜食品の一族も、相当激しくやり合ったらしい。それは特養の達吉さんが教えてくれたんだが――」

そこまで話して平井は立ち止まった。

左の側壁が一〇メートルほどくぼんでいる。くぼみの奥行きは五メートルほどあり、自転車が数十台置かれている。

「もともとは、車がすれ違うための待避所だろう。で、おそらく、そこの外がガレージだ」

と、平井は右前方を指さした。

「ああ、トラクターが何台か停まっていたところか」

さらに少し進むと、そこは交差点になっていた。方角的に、直進すると、種牡馬厩舎の下に出るだろう。右に曲がるとガレージだが、三メートルほどで行き止まりになっている。その壁面が可動式なのか。

そして、左に曲がるとホスピスに行けるはずだ。

下がアスファルトになっていて、左右の壁面の上方に赤色灯が取り付けられている。信号機の代わりだろう。

左に曲がると、道は上りながら大きく左にカーブしていた。

寮のほうに戻る形になるわけだが、ちょうど今歩いているあたりが、ホスピスの真下になるはずだ。

坂を上り切った平井と祐介は、同時に「おおっ」と声を上げた。

眼前にバスや大型トラック、重機などがずらりと並ぶ地下駐車場がひろがっている。

向かい側のスペースには、メルセデスベンツ、ポルシェ、ＢＭＷ、アウディ、ジャガーなどの高級車ばかりが数十台あり、その奥には同じタイプの白い軽トラックが五、六台停められている。

「なるほど、ようやくわかったぜ」

と平井が、ブルドーザーの車体から伸びるドリルの先端に触れ、指先の匂いをかいだ。

「何が？」

「立花のジジイ、手続き上ここを廃鉱にしただけで、今も無許可で採掘をつづけてるんだろう。たいして儲かりそうもないホスピスと特養しかないのに、これだけの牧場を維持できる理由が、ようやくわかった。この鉱山が資金源なんだ」

「でも、採掘した石をどこで精製するのかな」

「ここにあるトラックで原鉱をよそに運んで行くんだろう。この駐車場の奥にも道がつづいている。たぶん、しばらく地下を進めば地上に出られて、国道二三〇号線につながるルートがあるんだ」

二人が立つところからすぐの壁面にも、重機の後方にも鉄扉がある。

駐車場を奥まで進むと、右手に、それこそ都心のシティホテルの地下駐車場を思い起こさせる自動ドアが見えた。

その向こうに人影が現れた。

「今日のところはこれで充分だ」

と平井に背中を押され、地下の坑道を寮の方向に走った。

七

平井と地下の坑道を探索した日の夜、祐介は部屋の鍵をかけて寝た。あかねの気持ちを利用するようで負い目を感じていたのに、弄ばれていたのは自分だった。その意趣返しではないが、自分が距離を置く気になったことをわからせたい、と思った。

その夜は、彼女が来たかどうかわからないうちに眠ってしまった。翌日から、自分でも大人げないように思い、また鍵をかけずに寝るようになったのだが、あかねは祐介の部屋に来なくなった。

食堂で顔を合わせるときは、それまでと変わったところはなかった。

「ごちそうさま、ありがとう」

「なんもなんも」

という空々しいやり取りをしながら、ただ単に、彼女とは終わったのだと思った。

その週末、二頭の風死狩牧場生産馬が札幌競馬場のレースに出走した。

土曜日の札幌日刊スポーツ杯。芝二六〇〇メートルの長距離戦だった。そこに出走した五歳牡馬のミドルウインドが、単勝十二番人気という低評価を覆し、勝ち馬から半馬身差の二着と健闘した。

「こいつは前走まで、短いとこばっか走ってた馬だぞ。ずいぶん変わったな」

食堂のテレビを見ながら平井が呟いた。

翌日、日曜日も、祐介とマルオが座る繁殖のテーブルに平井が加わった。

その平井が乗った新馬戦で二着となり、前走の未勝利戦を勝ったノードストームが、芝一五〇〇メートルのクローバー賞に出走する。

「この馬には一五〇〇メートルは忙しすぎるから、来月の札幌二歳ステークスまで待ったほうがいい。立花のジジイにも調教師にも、そう言ったんだけどな」

「確かに、この牧場には長距離血統の馬が多いよね」

平井と祐介のやり取りを聞いていたマルオが首を横に振った。

「い、いや、距離適性を決めるのは、け、血統だけじゃないよ」

「まあ、そうだわな」

と平井が言い、つづけた。

「一番は気性と性格だ。我慢の利かないやつは、長いところで折り合うことができねえから、短いところを走るしかない。あとは走法だな。人間と逆で、馬はストライドが大きいと長距離、ピッチ走法なら短距離がいいって言われてるんだ」

「ノードストームはどうなの」

祐介の問いに、平井が答えた。

「こいつはおっとりした性格なんだ。普段、常歩(なみあし)で歩くときも、駈歩(かけあし)で走るときも、次の動きに向けてしっかり準備してから筋肉を収縮させる感じだから、自然とストライドが大きくなる。なのに、走法が固まり切らない段階で、下手に短いところを使ってフォームが変わったら、将来、もっと距離のあるダービーを狙えるはずだったのが短距離馬になってしまう恐れもあるんだ」

「で、でも、スピードを武器にして、早い時期から、け、結果を出すことも、今の競馬では大事なことだよ。そ、そうして賞金を稼いでクラシックの出走権を獲得してから、またストライドを伸ばす走り方を教えていけばいいじゃないか」

「それができりゃ苦労しねえよ」

「で、できる」

とマルオが言ったとき、クローバー賞のゲートが開いた。

ノードストームは、出走馬十四頭でもっとも速いスタートを切った。

そのままスピードに乗り、騎手が手綱を抑えたままで先頭に立った。引き込み線からコースに合流し、二番手を三馬身ほど離して向正面に入って行く。

「おい、速すぎるぞ」

平井が顔をしかめた。

序盤に飛ばしすぎるとスタミナ切れし、最後に後ろでエネルギーを温存していた馬たちにかわされてしまう。

鞍上は、この馬に乗るのは初めての外国人騎手だ。

ノードストームが大きなリードを保ったまま最後の直線に入った。

二番手以下の馬たちの騎手は激しく馬の首を押したり、鞭を振るっているが、ノードストームの背にいるクロード・マルティニの手は動いていない。

〈すごい手応えだ。このままノードストームが逃げ切るか!?〉

実況アナウンスが響く。

外から他馬が迫ってくると、マルティニの手が軽く動いた。

すると、ノードストームは鋭く反応し、さらに末脚(すえあし)を伸ばした。

〈これは強い、ノードストーム。ノーステッキで後続を置き去りにしました〉

ノードストームは、二着を四馬身突き放し、悠々とゴールを駆け抜けた。

「よし、偉い!」「よくやった」「これで年末のGIを狙えるぞ」

テレビのすぐ前に陣取った育成スタッフがハイタッチをしている。

画面がスタジオに切り替わった。

「さすがマルティニ騎手です。やっぱり、乗り替わりの効果もあったでしょうね」

解説者の言葉に、ゲストのタレントとアナウンサーが頷いている。

前走まで乗っていた平井を気づかってか、育成スタッフが騒ぐのをやめた。

平井は立ち上がり、拍手をした。

「見事だ。おれにはできねえ競馬だ。ただな、これで目標をダービーからスプリンターズステークスに変えなきゃならなくなった」

それを聞いたマルオが表情を変えた。

「いや、ダービーもスプリンターズステークスも、両方勝つ」

珍しくつっかえずに言った。彼なりに追い込まれ、覚悟を決めて放った言葉だったのか。

「そうか。わかった。お前の言うとおりになったら、おれは騎手を辞めてやるよ」

平井はそう言い捨て、食堂から出て行った。

今日は日曜日だ。平井は、水曜日の朝の追い切りまでに札幌競馬場に戻らなければならないという。

時間は、今日を入れてあと三日しかない。

その夜、平井は疲れ切った顔で祐介の部屋にやって来た。

「だいぶわかってきたぞ」

ここ数日、平井はひとりで坑道からホスピスへの侵入を試みていた。祐介も行くと言

っても、

「足手まといになるから来なくていい」

と突っぱねられた。

「やっぱり、地下に『隠れ病棟』があるのか」

「ああ、それも二層構造になってやがる」

「ということは、あの駐車場から地下二階に行けるわけか。入ったのか？」

「いや、外から入るには鍵が必要だ。なかからも行けるはずなんだが、その出入口はおそらくナースステーションか院長室だから、迂闊には入ることはできねえ。やっぱり、もうひとり、立花一族の協力者が必要だな」

「もうひとりって、まるで今も協力者がいるような言い方だな」

「は？　何とぼけてんだ。お前のこれだよ」

と平井は小指を立てた。

祐介は、ここ数日、あかねが部屋に来ていないことを伝えた。

「何だって？　せっかく気をつかって、夜中はおれひとりで動いてたのに」

「足手まといだからじゃないのか」

「当たり前だ。お前みたいに鈍臭いやつでも、踏み台や盾になって役に立つこともあるだろう。それならそうと早く言えよ、まったく」

祐介は、彼女と会っているときの自分の心身の変化を不審に思い、調べてみたら、よく知られているバイアグラなどとは別種の、性的欲求を高める薬品があることを知った。医師免許を持つあかねなら、容易に入手できるはずだ——と話すと、平井はげらげら笑い出した。

「お前はおれ以上のバカだな。媚薬とか言われているものは、全員に効果が出るわけじゃなく、出たとしても月単位の時間がかかるんだぞ。もし本当に即効性の媚薬なんてあったら大変だ。おれもほしいぐらいだ」

「じゃあ、おれは……」

「単に、あかねにイカレてた、ってことだ」

胸がチクリと痛んだ。橋本がわざと干し草のロールを落としたと思い込んだときもそうだった。どうも自分は安易な憶測で他人を悪者に仕立ててしまう。そうすることで、自分は正しい人間だと意識的にも無意識的にも思いたいのか。この調子だと、前の会社にいたときも、同じことをやっていたはずだ。周囲に蔑まれていると思い込み、その悪意を受け止め孤独に戦う戦士のような気分でいた。仮に、総務のコンプライアンス担当に持ち込んだとして、正当な主張と認められるものがどれだけあっただろう。

平井がふうっと息を吐いた。

「あかねには何か考えがあるんじゃないか。あいつは今でもお前の味方だ」

「何でそう思うんだ」

「お前も一緒に入った一階の食糧保管庫な。あのあとも、夜中は必ず少しだけ開いているんだ。あかねは、わざとそうしているんだろう。今、八時だろう。さっき見たときは閉まっていた。あそこはたぶんオートロックで、内からも外からも鍵がなきゃ開けられないようになっている」

「何のために……」

「お前に見てほしいものがあるんだろう。見せたいもの、かな」

と祐介を指さした。

「おれに見せたいもの……」

「よし、決まった。今夜、お前も行くぞ。いつも何時ごろから彼女を抱いてたんだ」

「十時過ぎ、かな」

「じゃあ、十時決行だ。その前に、お前のスマホを貸せ」

平井は自分のスマホと祐介のそれを並べて何やら操作している。

「何をしてるんだ」

「地下はワイファイの電波が届かないから、LINE通話もできない。だから、ブルートゥースでこの二台をペアリングして、トランシーバー代わりにできるようにしてるんだ。これで文字のやり取りもできる」

とスマホを返してくれた。

「試しに、ワイファイをオフにしてメッセージを送信してみるよ」

「お、来た来た。じゃ、十時五分前に起こしに来てくれ。しばらく寝てないから休む」

と出て行く平井には、いつも驚かされる。

能力や知識の偏りが凄まじく、知らないことは小学生より知らない代わりに、できることはエキスパート級なのだ。

それにしても――。

あかねが自分に見せたいものとは何か。

いくら考えてもわからなかった。


平井と祐介は、ホスピスの地下駐車場のトラックのタイヤの陰に身を潜めていた。ガラス張りの自動ドアがすぐそこに見える。

一か八かだが、誰かが入るなり出てくるなりしてドアが開いたときに、自分たちもそこから滑り込むことに決めた。

車のエンジン音が聞こえてきた。

大型トラックが近づいてくる。

「あれ、馬運車(ばうんしゃ)じゃねえか」

「馬が乗ってるのか」

「お、ケツからドアのほうに来やがる。馬を降ろす気だ」

車体後部が自動ドアから三メートルほどになったところで馬運車が停まった。

降りてきた男がリモコンを自動ドアに向けた。ドアが開くと、内側のスイッチを押した。ストッパーだろう。

「あのリモコンで開閉できるんだ」

「おう、ひとつ難問がクリアになったな」

馬運車後部からタラップが降ろされ、そこを馬が歩いて降りる。そして、そのままドアから室内へと入って行った。

「どうやら地下二階は馬の治療施設になっているようだ」

「でも、牧場にも手術室や入院馬房があるじゃないか」

「あっちでは見られてもいい処置、こっちでは見られちゃまずい処置をするんだろう」

あかねはそれを自分に見せようとしたのか。

馬運車はタラップを上げて戻って行った。

再び周囲が静かになった。

二人は自動ドアの前に立った。

祐介はウインドウが下がったままの軽トラのダッシュボードにリモコンがあるのを見

つけ、自動ドアを開けた。

「今ごろ言っても遅いけど、監視カメラとか、大丈夫かな」

「それは確認した。ワイファイの電波が届かないところでは、お産をモニターするシステムは使えない。だからだと思うが、地下にカメラはないようだ」

エントランスホールも廊下の幅も、当初から馬が通ることを想定していたのか、やけに広い。床の素材は厩舎と同じものを使っている。

ここは建物の西の端、もっとも寮に近い側だ。

東へ延びる廊下を進んだ。

廊下の右側には事務室や会議室、薬品庫など人間のための部屋、左側には馬の処置室や手術室が並んでいる。

「さっきの馬、見間違いじゃなきゃ、この前クイーンステークスを勝ったフィールブルーだぞ」

小走りのまま平井が言った。

「どこか悪いところがあるのか」

「いや、いたって健康だ」

左手前方の部屋から灯が漏れている。

中学校の教室のように、部屋と廊下を仕切る壁にも窓があり、室内が見えた。

青緑の手術衣を着た獣医師らしき人間が馬にエコーを当て、もうひとりの獣医師と一緒にモニターを見ている。

莉奈とマルオだ。

平井に腕を叩かれ、我に返った。慌てて廊下を先に進んだ。

突き当たりの左に階段があった。上りも下りもある。が、下りは五、六メートル先で行き止まりになり、鉄扉がある。おそらく祐介たちが歩いたのとは別の坑道に出るのだろう。

階段を駆け上った。

地下一階に出た。廊下の両側に病室が並んでいる。

廊下を西側へと進みながら、病室のなかを確認した。どの部屋もドアのない大部屋で、ベッドはすべて空だ。

しかし、トイレと洗面所を通りすぎると、急に人の気配が濃くなった。

不意に、平井が祐介の体を無人の病室に引き込んだ。祐介は、頭を押さえられてしゃがみ込まされた。

「どうしたんだ」

「しっ！」

と平井はスマホを出した。何やら入力し、祐介を顎でしゃくった。

祐介が自分のスマホを見ると、メッセージが来ていた。

「右奥の病室から人が出てくる。廊下に映る影を見ろタコ」

タコは余計だが、助かった。

祐介たちのすぐそばを二人の男が通りすぎて行く。

二人とも白衣を着ている。が、手前側を歩いていたのは、間違いなく、イヤリング厩舎長の早瀬だ。

――いったいどういうことなんだ。

早瀬たちは階段から下へ降りたようだ。祐介たちがもう少し遅く来ていたら、危うく鉢合わせるところだった。

廊下に出て、気づいた。

トイレと洗面所よりこちら側の病室はすべて個室で、ドアがあり、窓には鉄格子が付いている。

平井はひとつひとつの部屋の窓に飛びつくように近づき、鉄格子を握りしめて室内を見ている。

祐介もつづいた。

ベッドに人がいる。口に呼吸器を当て、眠っている。腕には点滴が打たれ、胸元からコードが延びて、枕元に心電図のモニターがある。

隣の部屋にも、その向かいの部屋にも、同じようにチューブとコードだらけの患者が横たわっていた。

どの患者も全裸で、手足をベッドにくくりつけられている。

若い女もいた。

異様な光景だった。

明らかに普通の医療施設とは違う。

これは収容所だ。

さらに先の部屋の前で、平井は立ち尽くしていた。

平井は鉄格子を両手で揺すり、その隙間から差し入れた手でガラスを叩いた。

「拓実、お前……」

——これが、あの橋本か？

腕も脚も棒のように細くなり、あばらが浮いている。

平井が鍵の束をポケットから出し、ドアノブに差し込もうとしたが、鍵穴がない。

「クソッ、こいつに暗証番号を打ち込むのか」

ドアの横の壁に、電卓のように「1」から「9」までの数字とエンターキーのある、小さなパネルが埋め込まれている。

「祐介、何か思い当たる数字はないか」

「フシカリだから『2』『4』『5』『0』とかは?」

「それじゃあ『フシゴレ』だろう」

と言いながら数字を入力し、エンターキーを押したが、エラーだった。

「立花社長の生まれた年は?」

「なるほど、風死狩牧場の冊子に書いてあったな」

「確か、一九五三年だ」

あまりにも身のこなしが軽く、何歳なのかと驚いていたから覚えていた。

しかし、これも違った。

「こういうのは『1』『2』『3』『4』や『1』『1』『1』『1』ってことが、けっこうあるんだよな」

それらもダメだった。

「じゃあ、明治三十年だ。社長の一族が北海道に入植した年」

「西暦はわかんねえのか。こういうのはだいたい四桁だろう」

「念のため『3』『0』でやってみろよ」

やはり開かない。ネットがつながればすぐ調べられるのだが、ここは圏外だ。

「そうだ、明治四十年ならわかるぞ。その年に小岩井農場がイギリスから繁殖牝馬と種馬を輸入して、ちょうど百年後に子孫のウオッカがダービーを勝ったんだ。それが二〇〇七年。だから明治四十年は一九〇七年。明治三十年は一八九七年だ」

「1」「8」「9」「7」につづいてエンターキーを押した。

カチッと金属音がして、ドアが手前に薄く開いた。

「拓実、大丈夫か」

平井は橋本の口元に手を当て、こちらを見て頷いた。

橋本は生きていた。

祐介は、橋本の手足の結束ベルトを外した。床ずれのように皮がむけている。

平井は毛布で橋本の体をくるみ、肩に抱えた。

平井を追って部屋を出たとき、視線を感じた。

向かいの部屋の窓から、鉄格子越しに誰かがこちらを見ている。

ひと月ほど前に姿を消した今江だった。

ここに閉じ込められているということは、やはり石浜食品のスパイなのか。いや、そうではない橋本も捕らえられていたのだから、スパイとは限らない。いずれにしても放ってはおけなかった。

祐介はロックを解除して、ドアを開けた。

「無事だったのか」

祐介が声をかけると、今江はゆっくりと頷いた。

上半身は裸だが、スエットパンツを穿いている。それに、ほかの患者たちのように体を拘束されていない。

「さあ、ここから出よう」

と手を引くと、強い力で拒絶された。

「おれは、いいんだ」

「どうしてだ」

「ここにいるほうが、おれらしくしていられるんだよ」

と、今江は、握りしめた左右の拳を内側にひねるような姿勢を取った。前腕に太い血管が浮き上がり、左右の大胸筋が綺麗に割れ、内側に細かな筋が入ったように盛り上がっている。

前に風呂場で一緒になったときは、これほど筋肉質だと気づかなかった。今は典型的な「細マッチョ」だ。肌の張りといい、健康そうな顔色といい、こいつは本当に望んでここにいるのかもしれない。

「ここでいったい何をしているんだ」

「藤木さん、知ってるんじゃないのか」

「いや――」

そのとき、廊下の奥から祐介を呼ぶ平井の声が聞こえた。

「とにかく、おれには構わないでくれ」

今江は泣きそうな顔で言い、背を向けた。

地下二階に降りて、馬の処置室の前を抜けようとしたとき、向かいの部屋のドアが開いていることに気がついた。

なかに人がいる。

あかねだった。

祐介は部屋に入り、ドアを閉めた。

あかねは無言のままデスクトップパソコンに何かの論文と表のようなものを表示させ、プリンターで出力した。そうして出てきた四、五枚の紙を綺麗に折り畳み、祐介のブルゾンのポケットに差し入れた。

いつもの甘い匂いがした。

何度も吸ったやわらかな唇と、乳房がすぐそこにある。

「もう行ったほうがいい」

あかねが呟いた。

祐介は黙って部屋を出た。

駐車場に出ると、イエローのポルシェ911が、乾いたエンジン音を響かせ、目の前に滑り込んできた。

「何してたんだ。早く乗れ」

運転席から平井が顔を出した。気を失って毛布にくるまれた橋本は、狭い後部座席に寝かされている。

「拓実をシートベルトで固定してやってくれ。お前は助手席だ」

「何でわざわざこんな乗りにくい車を選んだんだよ」

「この車だけ、キーがつけっぱなしになってたからだ」

とボディ同色のイエローがあしらわれたイグニッションキーを指さした。

運転席と助手席の間から体を戻そうとしたとき、シートの下にカバーに入ったエアライフルが置かれていることに気がついた。「丸森文男」と印刷された千社札（せんじゃふだ）シールが貼ってある。

「これ、マルオ君の車だ」

「似合わねえ車に乗ってやがんな」

祐介は、あかねから受け取ったレポートを取り出した。そして、

「あかねに渡されたんだ。『ミオスタチン遺伝子に関する考察』だって」

と表題を読み上げると、平井がすごい勢いでそれを奪い取った。

食い入るようにページをめくっていた平井は、

「ここを見てみろ」

と、ひらいたレポートを差し出した。

〈年齢別・性別　クレアチンおよびエピカテキン投与と血中乳酸値の推移〉

という表題の下に患者氏名と薬品を投与した日付と量、乳酸値などの表がある。

橋本や今江のほか、育成の吉田、イヤリングの大根田、繁殖の安西など、すでに死んだ人間たちの名前とデータも下のほうにあった。

「これは臨床データか何かかな」

「というより、人体実験のデータだ」

「人体実験!?」

「最近、世界的にミオスタチン遺伝子というのが注目されていて、それによって競走馬の筋肉量やスタミナ、つまり、距離適性がわかるらしいんだ。で、こいつらに投与した物質で、ミオスタチンの分泌をコントロールできるらしい」

「でも、それは馬の話だろう。何で人間を使って実験するんだよ」

「馬のほうが大事だからさ。立花のジジイにとってはな」

筋肉量やスタミナに関わる実験だとすると、今、ここにいる橋本と、短期間のうちに筋骨隆々になった今江は、対極的な方向の被験者となっていた、ということか。

それを平井に言おうとしたとき、急に周囲が昼間のように明るくなった。壁面の随所につけられた赤色灯が点灯し、くるくる回り出した。

「しまった、見つかったか。ったく、お前がこんなもんを見せるからだ。いつまで経っても間の悪い野郎だな」

平井は素早くＤレンジにシフトし、アクセルを踏み込んだ。三人が乗るポルシェはリアタイヤを激しくホイールスピンさせ、弾けるように走り出した。

平井は、来たのとは反対側、ホスピスの西側の坑道へとステアリングを切った。

ほんの四、五秒で時速一〇〇キロを超え、さらに加速している。

「お、おい、安全運転で頼むよ」

「わかってるって。ところで、何年か前、Ｆ１ドライバーのミハエル・シューマッハがメルセデスでぶっ飛ばして、トンネルの壁面から天井をぐるりと回転して通り抜けるＣＭがあったの、覚えてるか」

「知らないよ。まさか、同じことをやるつもりじゃないだろうな」

「やってもいいんだが、ちょっと見通しが悪くなってきたな」

とアクセルをゆるめた。

さすがにこのスピードについて来られる追手はいなかった。

「これからどこに行く気なんだ」

「外に決まってるだろう、バカヤロー。拓実を病院に連れてかなきゃならない。まともな病院にな」

「方向はわかるのか。さっきから二本ぐらい、枝分かれした坑道をパスしてるぞ」

そのとき、うめき声が聞こえた。

後部座席の橋本が、体を動かしている。

「拓実、気がついたか」

「橋本君、おれだ、わかるか」

「祐介……君?」

虚ろな目で言った。

「そうだ。平井の兄貴も一緒だ」

「ケイ君も……」

後部座席を見ていた祐介の視界に、ヘッドライトが入ってきた。

「やばい、後ろから車が来てるぞ」

「わかってる」

と平井は言い、つづけた。

「さっきはとっさに逃げちまったけど、そもそも、何でおれたちが逃げなきゃなんないんだ。危害を加えようにも、騎乗停止中のジョッキーが馬主の牧場で行方不明になるなり死ぬなりしたら、ＪＲＡが黙っちゃいない。立花のジジイだってまずいだろう。人体実験までしてやっていることが全部パーになる」

「でも、ケイは競馬界の爪弾き者なんだから、いなくなったほうが主催者としては都合がいいんじゃないか……いや、すまん、これはネットの情報だ」

クックックと橋本が笑っている。意識ははっきりしているようだ。

「そこにエアライフルがあるだろう。祐介、扱えるか？」

「ああ、一応講習を受けたからな」

「じゃあ、このまま減速して停まったら、お前だけ降りて、後続の先頭の車のタイヤを狙って撃て。そうして相手の動きを封じて、逃げるんだ」

「やっぱり逃げるのかよ」

平井はスピードを落とした。坑道の壁の岩肌がはっきり見えるようになってきた。

祐介はライフルをカバーから出し、弾を装塡(そうてん)した。

「窓からそれを向けて、脅かしてやれ」

橋本に言われたとおり、シートベルトを外してウインドウを下ろし、エアライフルを向けて撃つふりをしたとき、轟音(ごうおん)がした。祐介の右脇を何かがかすめ、ドアミラーが吹き飛んだ。

「誰が本当に撃てと言った。脅かすだけで充分なのに」

と笑う平井に、祐介が言った。

「撃ったのは向こうだ。あいつ、実弾を撃ってきやがった」

「あいつって、誰だ」

祐介は、後ろを走るフォルクスワーゲン・トゥアレグの助手席からこちらにライフルを向けていた男の顔を、脳裏で再現した。

「今江だ。この前まで繁殖にいた、仲間だ」

「あのホラ吹き野郎か」

坑道は延々とつづいている。蟻の巣のように、地下深くまで何層にもなっているようだ。

祐介にとっては、以前は可愛がっていた今江に、凶器を、それも確実に相手を殺すことのできる銃を向けられ、撃たれたことがショックだった。

スマホの着信ランプが点滅している。

あかねからのLINE通話だ。

「祐介君? 私」

「わかってるよ、名前が表示されたから」

「本当はもっと早く自分で伝えたかったんだけど、怖くて」

平井にも聞こえるよう、スピーカー通話に切り換えた。それにしても、地下はワイファイがつながらないはずなのに、なぜ通話ができるのだろう。

「車を停めてくれる?」

「どうして」

「またすぐ圏外になるから」

　平井がブレーキを踏んだ。

「そのあたりはちょうど坂路コースの下で、大きな空洞があって、ワイファイが届くようになってるの」

「どうしておれたちの場所がわかるんだ」

「ワイファイに接続している間は、位置情報システムで、センターは端末の場所を把握できるの。追手は五〇〇メートル以上離れてる」

「どう行けば外に出られる?」

「もう少し行くとY字路があるから、それを右。そのまま行くと、社宅の下を抜けてホスピスの前に出るから、左折して、もう一度地下玄関の前を抜けて、二本目を左に行って。その先に……」

　と、あかねが話している途中で平井はアクセルを踏んだ。

「何で動く。切れちゃったじゃないか」

「後ろから来てるんだよ」

　平井はあかねのナビのとおりに二股を右に進んだ。

舗装が途切れ、路面の凹凸が目立つようになった。ときおり落石があり、スピードを落とさなければならない。

平井が舌打ちした。

「おい、本当にこの道でいいのかよ。嵌められたんじゃないのか」

祐介も不安になったが、あかねを信じていいと思った。理由を訊かれても答えられないのだが、肌を合わせた者同士だけに通じるものを彼女の声に感じていた。

「このまま行ってくれ。信じてやってほしい」

「わかった」

また平井がアクセルを踏み込んだ。

ポルシェはときどきジャンプして、アンダーボディを何度も下に打ちつけながら加速した。

道は正しかった。社宅と寮の下を抜け、ホスピスの下に着いた。平井は一気にステアリングを左に切り、テールをスライドさせながら坂を上った。

「このまま突っ切るぞ」

と、平井がポルシェのヘッドライトを遠目にしたとき、大きな黒い影が光のなかに現れた。

ブルドーザーだ。道を塞ごうとしている。

次の瞬間、ブルドーザーとポルシェとの間に人が飛び込んできて、両手をひろげた。

あかねだ。

「危ない！」

ブルドーザーもライトを遠目にした。

目が眩んだのか、あかねがポルシェの進行方向にふらついた。

左側には車がズラリと停められ、抜けられる隙間がない。

しかし、平井はアクセルをゆるめなかった。

――何を考えているんだ。

祐介がステアリングに手を伸ばした、そのときだった。

平井は猛スピードのままステアリングを左に切り、あかねを避けながら、駐車してあるベントレー、メルセデスベンツ、フェラーリ、ジャガーと四、五台のノーズにポルシェの左のフロントフェンダーをぶつけ、ドミノのように動かし、スペースをこじ開けて走り抜けた。

この一瞬で、一千万円以上の損失を食らわせた。いや、損害はもっと高額になりそうだ。壊れた車から火が上がっている。

ポルシェも左のフロントタイヤがバーストした。が、何とか走ることはできる。

坑道に入って二本目の脇道をしばらく進むと上り坂になり、地上のゲートに出た。

ポルシェのグローブボックスにあったリモコンで、ゲートは開いた。

「ありがとう。ここからは本当に安全運転で行けよ」

と祐介はポルシェを降りた。

「どこに行くんだ、祐介」

「そこに戻る」

と坑道を指さした。

途中に自転車が停めてあったのが見えた。こうしたゲートやホスピスの地下の自動ドアは、軽トラックから拝借しておいたリモコンで開ければいい。

平井が言った。

「お前とあかねに何かあったら、おれが警察と競馬会にタレ込んでやる。そう立花のジジイに言っとけ」

「わかった。それより、ケイは大丈夫か。この車で札幌まで行くのは無理だろう」

「おれを誰だと思ってる。顎で使える後輩がいるし、金で動くやつもいる」

「そうか」

と後部座席を覗き込むと、橋本がのろのろと体を起こした。

「この前は、すまなかったな」

祐介は、以前傷つけてしまった橋本の口元に触れた。

やっと謝ることができた。
橋本は笑って頷いた。

八

祐介は、自転車で坑道をホスピスのほうへ戻った。

近づくにつれ、油の焼け焦げた臭いが強くなる。

戻ったとして、自分に何ができるのか。

人間のやることには動機があるとされている。おかしな話だが、今、祐介は、こうして自転車のペダルを漕ぐことの動機を考えていた。

何が今、自分にこうしてペダルを漕がせているのか。

あかねに会いたいという思いか。地下に巨大な鉱脈と坑道を持つ風死狩牧場一帯への好奇心か。裏切った今江に対する怒りか。牧夫として過ごした時間への執着心か。

そのどれでもないような気もするし、すべてであるような気もする。

自分でも不思議なほど、恐怖心はなかった。

地下駐車場では、男たちが火事の始末を終えかけたところだった。

自転車が古いので、ブレーキをかけるとキーッと大きな音がした。

みな、こちらを見た。

社長の立花も、娘のあかねとみどりも、育成厩舎長の上原も、優花も、イヤリング厩舎長の早瀬も、麻衣も、祐介の上司にあたる繁殖厩舎長の莉奈も、同僚のマルオも、そして今江もいた。

「よう、今江、ずいぶんなことしてくれたな」

祐介が言うと、今江は卑屈な笑みを浮かべた。

「すいませんねェ。タイヤを狙ったら、手が滑っちゃって」

とライフルの銃口を祐介に向け、つづけた。

「今度は撃ち損じないっスよ」

と銃身を自分の頰に付け、スコープを覗いた。

「調子に乗るな」

横にいたイヤリング厩舎長の早瀬が、ボクサーのような右ストレートで今江の顎を打ち抜いた。カランと下駄が転がるような音がした。骨が砕けた音だ。

早瀬は、倒れ込んだ今江の顔を蹴り上げた。折れた歯と、血しぶきが飛んだ。さらに、踵(かかと)で後頭部を踏みつけた。

誰も早瀬を止めようとしない。

それどころか、麻衣が今江の足元からライフルを拾い上げ、反撃の手段を完全に奪い取った。

このままだと今江は殺されるかもしれない。だが、少なくとも、ここにいる者たちは、今江が死んでも構わないと思っているようだ。

やはり今江は石浜食品側の人間なのか。

それにしても、なぜ早瀬はこうまでして自分を守ろうとするのだろう。彼とは、挨拶以上の話は一度もしたことがない。互いに顔と名前を知っているだけの仲だ。

「すまなかったな、藤木さん」

部署は違っても、上司で、年齢もかなり上の早瀬に「さん」付けで呼ばれるのは、妙な気分だった。

「いえ、こちらこそ、助かりました」

見たことのない男たちが、今江をストレッチャーに載せて運んで行った。声をかけるわけでも、脈を取るわけでもなく、人形を扱うような粗雑さだった。

「あなた方が連れ去った橋本君にはもう少しここにいてほしかったんだけど、妹が無茶をしてくれたおかげで逃げられてしまったね」

と早瀬が笑った。

「妹って?」

祐介が訊くと、あかねがうつむいた。

「うちは大家族でね。ここにいるのは全員、親父の子供なんだ」

「えっ、マルオ君と優花ちゃんも？」

「う、うん。ゆ、優花が末っ子さ」

「でも、優花ちゃん、余市の出身って言ってたじゃないか」

「はい、余市にも家があるんです。高校生のときまで、そこにいました」

長男とおぼしき早瀬が補足した。

「便宜上、違う名字を名乗っているだけで、戸籍上はみんな立花なんだ。全員が立花じゃ、ほかの従業員がやりにくいだろう」

きょうだいは、早瀬、上原、みどり、あかね、莉奈、麻衣、マルオ、優花の八人か。昔ならこのくらいの家はどこにでもあった。

消火器を抱えた男たちが、早瀬に報告に来た。

「ようやく完全に鎮火したようだ。まったく、平井のやつ、派手にやってくれたな」

と笑う早瀬も、先にエントランスホールに入って祐介を手招きする社長の立花も、この損害を深刻なダメージだとは思っていないようだ。

通されたのは、あかねからレポートを受け取った部屋の隣の会議室だった。

「前週の競馬の結果を受けて、毎週月曜日に全体ミーティングをしているんだよ。全体といっても、メンバーはこれだけだがね」

と早瀬が言うと、マルオが人指し指を立てた。

「も、もうひとり来るよ」

「そうか、克也を忘れてたな。お、噂をすれば何とやらだ」

入ってきたのは、祐介の知っている男だった。

「西口さん！」

牧場ワークフェアで会った西口克也だった。

「藤木さん、お久しぶりです」

差し出された右手を握り、祐介は言った。

「どうしてここにいないのか、心配していたんです」

「すみません。ぼくはスカウティングと法務を担当しているので、日本中飛び回っているんです」

「そうなんだ。でも、ここに来たということは、西口さんも……」

「はい、双子のすぐ下の弟で、文男のすぐ上の兄です」

と、あかねとマルオの間の席に腰掛けた。

彼らは九人きょうだいで、席順からすると、上から早瀬、莉奈、上原、麻衣、みどり、あかね、西口、マルオ、優花となるようだ。白髪の見える上原よりも莉奈が年上というのは驚きだった。

早瀬がパソコンを操作し、スクリーンに、祐介があかねから受け取ったのと同じ表を映し出した。

　上原が説明を始めた。

「C／C型に関しては、クレアチンとエピカテキンの混合比を三対二とし、一週間投与することで、一定の負荷に対する筋肉量の増加に変化が見られました」

「ひ、人でそうなら、馬はその五倍か十倍を、と、投与すればいいかな」

　マルオが言うと、莉奈が首をかしげた。

「量より期間で調整するほうが安全でしょう。それに、同じC／C型でも、その個体の成長度合いによって、つまり、どれだけ伸びしろがあるかによっても変わってくるから、もうちょっとデータがほしいな」

　さらに、混合比を変えた場合のデータ、経口投与した場合と点滴投与した場合の違いなどをスクリーンに映し出し、議論をしている。

　クレアチンとエピカテキンのほか、テアニン、オルニチン、モリブデン、セレン、リシン、タウリンなど、さまざまな物質の投与データが映し出されては、次へと移っていく。

　スクリーンの脇にワイファイの中継機が置かれている。電波が届くのはせいぜい一〇メートル程度だ。エントランスまで届かないから監視カメラを設置していないのだろうが、会議室や手術室には緊急の連絡が入ることがあるので、必要なのか。

「……それにより、ミオスタチンの分泌を二十パーセントほど抑制する効果が期待できます」

と上原がデータの説明をしている。どうやら、鍵は「ミオスタチン」というものにあるようだ。さっき平井は、馬の距離適性を決めるとか決めないとか言っていたが、それはいったいどういうことなのか。

祐介が疑問を抱いていることに気づいたらしく、早瀬が言った。

「ミオスタチンがどういうものか知らずに話を聞いていても、退屈だろうね。これがどんな物質かというと——」

ミオスタチン(myostatin)とは、主に骨格筋から分泌される生理活性タンパク質(マイオカイン)の一種である。生物遺伝学者のセイジン・リーとアレクサンドラ・マクフェロンにより、一九九七年に発見された。

骨格筋細胞の発達を調整し、筋肉の過度な成長を抑制する働きをしている。

つまり、ミオスタチンが多く分泌されると筋肉はあまり成長せず、分泌が少なくなると筋肉が大きく成長する。

ミオスタチンはトレーニングによっても影響を受ける。筋力トレーニングで筋肉量が増加するのは、ミオスタチンの量が低下することが一因と考えられている。

しかし、ミオスタチンの分泌量は、ほとんどが遺伝によって決まるのだという。それはすなわち、生まれつき、筋肉のつきやすい体質と、つきにくい体質がある、ということになる。

近年の研究で、サラブレッドのミオスタチンには、遺伝的に異なる三つのタイプがあることが明らかになった。

それぞれC／C型、C／T型、T／T型と表記され、この遺伝的なタイプの違いが、筋肉の量や、短距離戦と長距離戦のどちらを得意とするのかの距離適性に関連することがわかってきたのだ。

C／C型は筋肉量が多く、短距離で好成績をおさめ、T／T型は筋肉量が少なく、長距離で好成績をおさめ、C／T型は両者の中間の傾向を示している。

そこまで説明したところで、早瀬がスクリーンにタイプ別の適性を表示させた。

C／C型　短距離タイプ　一〇〇〇メートル〜一六〇〇メートルが適距離
C／T型　中距離タイプ　一四〇〇メートル〜二四〇〇メートルが適距離
T／T型　長距離タイプ　二〇〇〇メートル以上が適距離

C／C型の種牡馬とC／C型の繁殖牝馬を配合したら、百パーセントC／C型の産駒が生まれ、C／C型の種牡馬とT／T型の繁殖牝馬からはC／T型しか生まれないことなどもわかっているという。

ただし、ミオスタチン遺伝子のこれらのタイプは、体内で生成されるミオスタチンの量そのものを決めるDNAの違いではなく、ミオスタチンの生成量を変化させる部分のDNAの違いによって分けられる。

ミオスタチンの遺伝子診断は、基本的なDNA分析機器があれば比較的容易に実施できる。が、アイルランドの大学が特許を取得したうえで設立した会社のライセンス許諾がないと、たとえ学術機関の研究であっても、その結果が商用利用されることになれば違法性を問われるという。

「ご想像のとおり、ここでは無許可で検査している。が、うちでも独自の検査方法の特許申請の準備をしている最中なんです。それで、普段はあまりこのミーティングに参加することのない弁護士にも来てもらったのさ」

早瀬はそう言って西口を見た。

「自分で事務所を持たず、ほかの弁護士の事務所に間借りしている居候弁護士、いわゆるイソ弁ですけどね」

と西口が頭をかいた。

医師に獣医師に弁護士……あとは政治家と警察関係者、マスコミ関係者がいれば何でもできそうだ。

これだけ知能の高い者たちが、サラブレッドという人間の手によってつくられた動物を少しでも速く走らせるという、きわめて単純な目標に向けて、臨床データを集めながら「競馬」という実践の場で検証をつづけている。そうして延々と試行錯誤を繰り返している彼らには、この隠れ病棟に集めた人間たちは、実験用のマウスと同じようなサンプルにしか見えないのだろう。

それにしても、ミオスタチン遺伝子が、人体実験をしてまで突き詰める価値のあるものとは、祐介には思えなかった。

人間も、短距離の選手は筋肉質で、マラソンなど長距離の選手は細身であることが多い。それを遺伝子のタイプで確認できる、というだけのことではないか。

そう口に出すと、早瀬が言った。

「筋肉の量や体型がまだ定まっていない一歳や二歳の早い段階でそれがわかると、トレーニングや飼養管理をずっと効率的に行うことができるんだよ。どう頑張っても二四〇〇メートルではスタミナ切れするC／C型の馬に、長距離で力を出せるようなトレーニングをせずに済む。逆に、晩成で、長いところでよさの出るT／T型の馬に、早い時期から短いところで結果を求めるようなこともなくなる。たかだか一分、二分先にどの馬が先頭でゴールするかもわからない競馬という競技において、数カ月後、半年後の姿がわかるというのは、とてつもないメリットになるんだ」

育成厩舎長の上原が言葉を継いだ。

「クレアチンとエピカテキンでミオスタチンの分泌を抑えれば、軽い負荷をかけるだけで筋肉を大きくできる。鍛えることはすなわち傷めることになるのが我々の永遠のジレンマなのだが、それを大幅に改善できるというわけさ」

それで今江は短期間で細マッチョになった。橋本は、逆の効果、つまり、ミオスタチンの分泌を増やすための実験台にされたのだろう。

「そろそろ次のテーマに移りましょう」

と言ったのは麻衣だった。

スクリーンに別の企画書のようなものが表示された。

〈『石浜フードイノベーションヴィレッジ』開発骨子〉

そう表書きされたワードファイルを、麻衣がスクロールした。

以前、平井に見せられたものとよく似た、カラーイラストが現れた。

斜面に並ぶ大型マンションのような建物も、屋上に庭園がある建物も同じだ。

立花一族と対立する石浜食品が、風死狩牧場の調教コースや種牡馬厩舎の東側に建設を計画している「工場」という名の「都市」だ。

麻衣がワードファイルをさらにスクロールし、

〈研究テーマ、およびその応用に関して〉

というページを表示させた。

「少し気になるところがあります。研究テーマの一覧を見てください」

保健機能食品、天然素材、人工素材、食品添加物、香料、レシピ開発、生産ライン、トレーサビリティ、遺伝子組み換え食品……といった項目の最後に「サラブレッドの遺伝子ドーピング、およびアンチドーピング」というものがある。

麻衣がつづけた。

「これは先方の情報提供者から昨日入手した極秘文書です。二週間前に受け取ったものの改訂版ですが、遺伝子ドーピングに関する項目が追加されています。そして、問題なのは、この文言です」

そこにはこう記されていた。

〈風死狩牧場にサラブレッドのミオスタチン遺伝子検査、特許申請の動き。弊社も、サラブレッド総合研究所や製薬会社、化学メーカーの協力を得て、ミオスタチン遺伝子、セロトニン受容遺伝子などの研究を実施されたし。先方が遺伝子ドーピング技術を開発した場合、それを検出、無力化するアンチドーピング技術が求められる〉

石浜食品は、風死狩牧場におけるミオスタチン遺伝子研究の内実を、ほぼリアルタイムで把握しているようだ。

それまで眠そうにしていた社長の立花が、カッと目を見ひらいた。

「どういうことだ。イヤリングのスパイは何も持ち出さないうちに始末したんだろう」

「はい、やつは病棟を抜け出し、今江の部屋と間違って藤木さんの部屋に入ったんです。それから丸一日かかりましたが、こちらで身柄を確保し、処分しました」

と早瀬が答えた。

祐介があかねだと思って手を伸ばし、ボコボコにされたときだ。

今江の部屋と間違えたということは、今江もやはり石浜食品のスパイだったのか。

「あの男は、今江が部屋に隠しておいたＳＤカードを取りに行って、失敗した。そして、藤木さんに顔を見られたことを今江に伝えたんだろう。今江は、やつがもうこの世にいないことを知らない。だから、さっき藤木さんを殺そうとしたわけさ」

「夫婦に見えた、女の人は？」

「クランケとしてビーワンにいる」

ここの地下一階で裸になっていた女のどれかがそうなのか。すっかり忘れていたが、あの嫌味な加山も同じフロアに転がっているのだろう。

「厩舎長は、今江がスパイだとわかっていたんですか」

祐介が訊くと、莉奈が微笑んだ。

「もちろん。わかっていたから採用したのよ」

「我々サイドに寝返って『逆スパイ』になると言っていたんだが、それも嘘だった」

と早瀬が口元を歪めた。

「この情報も、今江が石浜食品に伝えたんじゃないですか」

「いや、この病棟に収容してから通信機器は持たせてないし、それに、特許申請について知っているのは、ここにいる私たちだけなの」

莉奈の言葉の意味がわかり、ぞっとした。

このなかに内通者がいる、ということだ。

「ミオスタチン遺伝子の研究自体は目新しいものじゃないからともかく、当てずっぽうで特許申請までわかるものかしら」

と麻衣がスクリーンに目をやった。

あえて、誰の目も見ないようにしているようだった。

麻衣が、顔を正面に向け、言葉をつづけた。

「ねえ、そう思わない、克也」

と祐介の右隣に座った西口を睨みつけた。

「おい、ちょっと待ってくれよ。どうしておれがそんなことしなきゃならないんだ」

「誰もあんただなんて言ってないでしょ」

「ちっ、脅かすなよ、まったく」

「だいたい、あんたがこんな簡単にバレるヘマをしでかすわけがない。こんなふうに出所が限定される情報を相手方に渡して、それがこっちに戻ってくることを想定できないおバカさんが犯人」

「このなかに、そんなバカはいないだろう」

　と早瀬は苦笑する。

「普段はそうじゃなくても、自分が求める結果ばかり見ようとすると、プロセスが見えなくなるものなの。特に、若いうちはね」

　麻衣が言うと、全員の視線がマルオと優花に集まった。

　祐介は、安西の死体を見て涙を流していたマルオの姿を思い出していた。

「そのおバカさんは、立花と石浜の争いがさらにつづいて、傷つけられたり命を落としたりする人間が出ることを望んでいない。そうよね、優花」

　優花はうつむいて黙っている。

　彼女が内通者なのか。

　麻衣がスクリーンに動画を映し出した。

　空撮の動画だ。ドローンで撮ったのだろう。

　ドローンは風死狩牧場のメインストリートを調教コースに向かって東へ飛び、上昇した。そこから左に旋回し、川の流れを引き込んだ池と種牡馬厩舎の上空に来た。種牡馬厩舎から人影が出てきて、軽自動車で調教コースへと戻って行く。優花だ。

もうひとり、誰かが厩舎から出てきた。頬っ被りをしている。

元騎手の柏原周治だ。

柏原は東側の段々畑を上り、敷地の境界線代わりになっている林の奥へと入って行った。そこから先は石浜食品の所有地である。

突如、画面が揺れて、急速に地面が近づき、落下して転がり空を映した。

「ドローンは回収しました。プロペラに弾痕がありました。相手方か、今江に撃たれたのだと思います」

と麻衣が動画を止め、さらに言った。

「通信機器でのやり取りはすべてセンターにモニターされますが、柏原をメッセンジャーとして使えば、証拠は残りません」

祐介の隣にいる西口が両手で顔を覆っている。

「嘘だろう。まさか、あの柏原さんが……」

「親しかったんですか」

祐介が訊くと、頷いた。

「立派な人です。あの八百長事件は濡れ衣だったのに、競馬界全体のため、甘んじて自分が罪を背負ったんです。『逃げるのは恥ずかしいことじゃない。逃げた先でどう生きるかで、それは逃避ではなくなる』と言っていました。なのに、自分が逃げた先でやっていることが、あのとき一緒に泣いた親父への裏切りだなんて、いまだにぼくは信じられない」

「おおかた、石浜に金を積まれたんだろう。覚えておけ、克也。どんな人間でも、貧すれば鈍するんだ」

と立花が言った。

「柏原はどうします」

そう訊いた早瀬に立花が言った。

「放っておけ。あいつにできることは知れている」

「優花、自分が何をしたかわかっているの？　顔を上げなさい」

麻衣がきつい口調で言った。

優花は泣いていた。

「だって、こんなこと、絶対よくないよ」

「生きるためなんだ。お前は、苦労なく暮らせるようみんなが環境を整えてから生まれたから、わかってないんだ」

と早瀬が言っても、首を横に振っている。

「普通に生きればいいじゃない。私、死んだ人に襲われる夢を見るのが怖くて眠れないし、頭がどうかなっちゃいそう」

「お前は余市の家に戻りなさい」

「私がいなくなっても、兄さんたちは殺し合いをつづけるんでしょう。だったら同じことじゃない」

机に突っ伏して肩を震わせる優花を、育成厩舎での上司にあたる上原が外に連れて行った。

まさか優花を「粛清」することはないだろう。

この一族は、敵に対しては冷酷だが、身内には徹底的に甘そうだ。

場の空気が重くなった。

ふと思った。

立花家の人間ではない自分がなぜここにいることを許されているのか。

外部に漏れてはならないトップシークレット。その裏側までこうして見ている。いや、見せられている。

自分も、このひとつ上のフロアで臨床試験という名の人体実験に使われたり、自殺に見せかけて殺されたり、ヒグマのエサにされてもおかしくないはずだ。

それなのに、なぜ――。

「藤木さん、何を考えている」

早瀬に問われ、抱いていた疑問を話した。

すると、早瀬は書棚から『風死狩牧場史』を取り出し、「石川から北の大地へ」と題されたページをひらいた。

そこに、明治三十年に北陸の伏木港から北海道を目指し、ともに船に乗り込んだ家族が記されていた。

立花、得能、島崎、米田、中田、藤木、木高、小倉、平井、古川の十家族。六十人を超える集団だった。

ここは読み飛ばしてしまい、気づかなかった。

十家族のなかに「藤木」がある。「平井」も。

西口が口をひらいた。

「東京競馬場で藤木さんの履歴書を見たとき、驚きました。名字もそうですが、緊急連絡先になっていたお父さんの名前が『藤木嘉彦（よしひこ）』でしたから。社長から何度も聞かされていた、藤木嘉太郎（かたろう）さんを思い出しました」

自分が「藤木」という姓のおかげでここにいることになったとは、驚いた。

「ともに内地から北海道に渡ってきた者たちの結びつきは、あんたが思っている以上に強かったんだ」

と立花が言い、さらにつづけた。

「広島とか山口とか、同じ出身地の者が住み着いて地名になっていることからもわかるだろう。わしの曽祖父さんは嘉右衛門と言ってな。ここの創設者だ。その嘉右衛門が、名前に同じ『嘉』の字があると言って、藤木嘉太郎さんとは特に馬が合ったらしい。藤木さんはみんなの知恵袋で、『困ったときは藤木に訊け』と言われていたんだとさ」

祐介は胸に手を当て、ブルゾンの内ポケットから財布を取り出した。

そこから祖父の写真を取り出し、立花に見せた。

「ぼくの祖父です。藤木嘉助と言います」

「こ、これは……」

立花は「新冠御料牧場にて」と書かれた裏面を表にして、早瀬に渡した。

早瀬はそれを見て眉を大きく動かし、次に、祖父の写真と祐介の顔を見比べた。そして『風死狩牧場史』に載っている写真に目を落とした。

「細部まで鮮明ではないが、どことなく似ているな」

「ぼくの曽祖父は政府の馬政局にいたそうです。嘉一という名です。その父、高祖父の名前まではわかりません」

「いや、これで充分だ。藤木さんの体に流れている血も、おれたちの血と一緒に、石川から北海道に渡ってきたんだろう」

不毛の地を切り拓いて牧場をつくり、鉱山開発を経て、地下の坑道をも利用した「風死狩帝国」を築き上げた立花一族。彼らと、写真の馬上からこちらを見つめる祖父と自分は、百年を優に超える「血の記憶」を共有しているのか。

隣接する土地に、石浜食品は、巨大なコミュニティの建設を目論んでいる。帝国同士の「戦争」は、これからさらに激しさを増していくのだろう。


翌月、夏競馬が終わり、中央競馬の開催は、中山と阪神の中央場所に戻った。

その週末、祐介は千葉県船橋市の中山競馬場にいた。

芝一六〇〇メートルで争われる重賞レース、京成杯オータムハンデキャップに、風死狩牧場が生産・所有する、牝馬のフィールブルーが出走するからだ。レースの格付けはGⅢで、一着賞金は三千九百万円である。

担当厩務員に曳かれてパドックを歩くフィールブルーの馬体は、秋の陽を受けて黄金色に輝いている。一歩、また一歩と踏み出すたびに、トモと呼ばれる腰から後ろ脚にかけての筋肉が大きく収縮し、浮き上がった血管をよりくっきりと見せている。

深い光をたたえる目はまっすぐ前を見つめ、ときおり口元を小さく動かし、銜えた金属製のハミをカチャカチャと鳴らしている。こうして口に銜えたハミは手綱につながっており、それを通じて馬は騎手からの指令を受け止める。

今、フィールブルーは、まだ背に乗っていない騎手からの指示を待ち切れず、あふれ出そうな闘志を自らの意思の力で抑え込んでいるように見えた。

勇ましく、そして美しい。

まさに芸術品だ。

こんな生き物が、ほかにいるだろうか。

祐介は、手元の新聞に目をやった。

〈フィールブルーは放牧明けでも上々の仕上がり。リフレッシュ効果で、馬体が見違えるように逞しくなった〉

馬体重は、前走のクイーンステークスより二〇キロ増えた四八五キロ。

もともと牝馬の馬体重増加は牡馬ほどマイナス要因とされないが、増えた二〇キロが脂肪ではなく筋肉になっていることは明らかだった。

自分がこの馬に関わっているということが誇らしかった。働きはじめてまだ三カ月ほどだが、オーナーブリーダーの一員として、胸を張ってもいいはずだ。そう、堂々としていよう。禁止薬物を使っているわけではない。ルールを守っているのだから。競馬のルールは。

「止まーれー」

係員による騎乗命令がかかった。

整列していた騎手たちが騎乗馬のもとへと走ってくる。

いや、ひとりだけ、ゆっくりと歩いている。

平井啓一だ。

外国人騎手に足を引っかけて転ばせようとし、睨まれても口笛を吹いている。

平井は、舞うようにフィールブルーの背に乗った。そして、足を置く鐙（あぶみ）のベルトの長さを調整しながら祐介を見て、

「よく来たな」

と口元だけで笑った。

騎手を鞍上に迎えたフィールブルーは、首を鶴のようにしならせ、小刻みにステップを踏むような歩き方になった。

唸（うな）るような気合だ。

平井は、手のひらでフィールブルーの首筋を撫でたり、軽く叩いて宥（なだ）めている。

フィールブルーを最後尾とする十六頭の出走馬が、馬道へと入って行った。

中山芝一六〇〇メートルのコースは、スタートしてすぐコーナーがあるため、外枠は不利と言われている。

フィールブルーが引いたのは、よりによって大外（おおそと）の十六番枠だった。

ハンデは五四キロ。これは、騎手の体重と鞍などの馬具を合わせた重さだ。背負う斤量が一キロ違うと、ゴールでは一馬身の差になると言われている。牝馬は牡馬より二キロのアローワンス、つまり、力の差を見込んだマイナスぶんがあるので、牡馬に換算す

ると五六キロを背負わされたことになる。主催者のハンデキャッパーがもっとも勝つ可能性が高いと見たトップハンデの馬は五七キロだから、フィールブルーもそれなりに力を認められているわけだ。

しかし、このコースで大外十六番は痛い。

前走の勝ち方が鮮やかで、ここに向けた調教でも好気配が伝えられているにもかかわらず、単勝十五倍ほどの五番人気だった。

スタンド上階の馬主席は、まるで高級ホテルのロビーのような雰囲気だった。テレビでよく見る俳優やキャスター、著名な作家などが、馬券を売っている窓口と自分の席を往復している。少しサイズが大きいのだが、早瀬から借りたスーツを着てきてよかった。いつものジーンズとブルゾンなら、つまみ出されたかもしれない。

風死狩牧場のボックス席は、ゴールのやや手前の上のほうにあった。

巨大なガラス越しに芝コースが見える。鮮やかなグリーンベルトの上を、出走各馬が「返し馬」と呼ばれるウォーミングアップで駆けるさまは、スクリーンで別の世界を見ているかのようだった。

祐介は、フィールブルーの単勝を千円買った。フィールブルーが勝てば一万五千円ほどになる。

ふと見ると、窓口の前に立つ早瀬が鞄(かばん)から帯封付きの札束を出していた。札束は三つ、三百万円だ。もし当たれば四千五百万円ほどの払戻し金を手にできるのだが、それだけの札束があの鞄に入るのだろうか。

ファンファーレが鳴り、出走馬がゲートに入りはじめた。

大外のフィールブルーが最後に入り、ゲートが開いた。

十六頭がほぼ横並びのスタートを切った。

が、一頭だけ取り残された馬がいる。

フィールブルーだ。

「やりやがった」

早瀬が呟いた。憎々しげな口調だったが、目は笑っている。

場内に響く実況アナウンスのトーンが変わった。

〈おおっと、フィールブルーは最後方からの競馬になった。各馬は外回りコースの二コーナーから向正面へと入って行きます〉

フィールブルーは、障害物となる馬がいなくなった内へと進路を取り、コースロスなく進んでいる。

平井は意図的にゆっくりゲートを出て、内の馬たちを先に行かせたのだ。

これで大外枠を引いた不利はなくなった。しかし、その代わり、目の前ではほかの十五頭が壁となって進路を塞いでいる。

開幕週なので、芝が踏み荒らされておらず、速いタイムが出やすい馬場コンディションになっている。前半八〇〇メートル通過は四十五秒八。馬群は、先頭から最後方まで十五馬身以上の縦長になっている。ハイペースで序盤から前のほうにつけた馬は、終盤にスタミナを切らせて後退してしまう。逆に、そうした流れのなかで前半は後ろにいた馬が、溜(た)めていたエネルギーを爆発させて最後に伸びる。ゆえに、競馬では、ハイペースになると後方に待機した馬が有利で、スローペースになると先行した馬に有利だと言われている。

しかし、それはあくまでも基本にすぎない。ハイペースのなか先行したのに終盤も伸びて圧勝する馬もいれば、スローペースのなか後方にいても、最後に前をまとめて差し切る馬もいる。

開幕週の馬場は、抵抗が少ないぶん、序盤に飛ばした馬が、終盤もバテずに押し切ってしまうケースがしばしば見られる。

このレースでハナを切っているラブグローリーと、二番手につけたワンツーウインは、こうした軽い馬場で先行して流れ込むレースを得意としている。

勝負どころと言われる三、四コーナー中間地点で、後方にいた馬たちが揃ってスパートをかけ、馬群は十馬身ほどに凝縮された。フィールブルーは、密度が高まり、隙間がほとんどなくなった内埒(うちらち)沿いに閉じ込められている。

ラブグローリーが先頭のまま直線に入った。

一馬身ほど遅れた外目にワンツーウイン、そこからさらに二馬身後ろに三番手集団が密集している。

中山芝コースの直線は三一〇メートル。ということは、直線に向いてからゴールまで十六、七秒で勝負が決してしまうわけだ。

ラブグローリーとワンツーウインが馬体を併せて叩き合い、ゴールを目指す。

〈どちらも譲らない！　後続は伸びない！　この二頭で決まるのか!?〉

実況アナウンサーが声を張り上げた。

そのとき、三番手集団の馬群に僅かな歪みが生じた。

スタミナを失った馬が苦しがって内にもたれたり、外に縒れたりすることで、密集していた馬ごみの随所に隙間ができはじめたのだ。

内埒沿いにいたフィールブルーが馬一頭ぶん外に進路を取った。次の完歩で、さらに外にステップし、重心を沈める。

二頭かわした。

だが、前にはまだ三頭の壁がある。万事休すか。いや、内の馬が急に失速し、真ん中の馬がバランスを崩して外に張り出したその僅かな隙間へ、平井はフィールブルーの鼻先を突っ込んだ。歪みで生じた亀裂をこじあけるように、フィールブルーはそこから突き抜け、さらに脚を伸ばす。

実況のボルテージが急に高まり、場内は歓声と絶叫で揺れた。

〈ラスト二〇〇メートル、馬群を割ってフィールブルーが猛然と追い上げてきた！　これはすごい脚だ！〉

スタンド上階から見ている祐介の目には、フィールブルーが稲妻となって、瞬時に馬群を切り裂いたかのように映った。

稲妻を操るタクトを握っているのは平井啓一だ。

――す、すげえ。ケイ、お前は何て男だ……。

中山芝コースは、ラスト二〇〇メートル付近からゴール直前まで、二メートル以上の急勾配を駆け上らなければならない。

この上り坂が先行馬のスタミナを奪い、追い込み馬に逆転のチャンスを与える。

内のラブグローリーと外のワンツーウインが、坂を上って逃げ込みをはかる。

フィールブルーはこれら二頭の三馬身ほど後ろだ。

〈フィールブルーが差を詰める。しかし、前の二頭も止まらない。さあ、届くのか、それとも逃げ切るのか!?〉

ラスト一〇〇メートルを切った。

まだフィールブルーは二頭から二馬身ほど遅れている。

「来い、平井！　諦めるな、追え、追えーっ！」

普段は大声を上げることのない早瀬が叫んだ。

「頑張れフィール、そう、よし！」

莉奈が拳を握りしめた。

不意に、平井とフィールブルーの姿がかすんで見えた。

次の瞬間、フィールブルーが首を大きく下げ、飛ぶように四肢を伸ばした。

別のエネルギーを注がれ、さらに追い風に押されるかのようにフィールブルーは加速し、内の二頭に並びかけたと思ったときには、もうかわしていた。

フィールブルーが先頭でゴールを駆け抜けた。

〈勝ったのはフィールブルー。これは強い！　マイル界に新たなスーパースターが誕生しました！〉

鞍上で立ち上がった平井が、左手に持った鞭を高々と挙げ、その先をスタンドに向けた。無意識のうちに、祐介は、コース上の平井に左の拳を向け、笑っていた。

勝ちタイムは一分三十秒五のレコードだった。その驚異的なタイムに、場内がどよめいた。

無言でレースを見ていた立花が腰を上げ、ハンチング帽を被った。

「行くぞ、口取り撮影と表彰式だ」

早瀬に肩を叩かれ、祐介もエレベーターに向かった。

上位入着馬が入る枠場の前に、平井を背にしたフィールブルーが戻ってきた。スタンドから見たときはわからなかったが、前の馬が蹴り上げた土と芝のカスで、平井の顔は汚れていた。

厩務員が、フィールブルーの目に入った泥などを拭き取っている。フィールブルーの全身から湯気が上がり、呼吸が荒い。激しい戦いだったのだ。

敗れた馬の関係者がいる場所と、この一角だけ、空から注ぐ光の色が違っているような感じだった。

スタンド前のウィナーズサークルに移動し、口取り写真を撮った。

祐介も、端のほうに加わった。

つづいて、表彰式が始まった。表彰台は、高さが二〇センチほど、縦と横は一メートルもない小さなものが五つあった。馬主、生産者、調教師、騎手、担当厩務員が乗るものだ。馬主の台には社長の立花が乗った。生産者の台には祐介が乗るよう、早瀬に言われた。遠慮していると、軽く後頭部を小突かれた。振り向くと、平井が笑っていた。

祐介は表彰台に立ち、トロフィーを受け取り、スタンドからの拍手にお辞儀をして応えた。

僅か二〇センチの台に上がっただけで、驚くほど景色が変わった。

西日を背にした中山競馬場のスタンドは、巨大な水族館の水槽のように見えた。さっき逆から見たときは、こちら側がスクリーンの向こうの別世界に見えた。

振り返ると、芝コースはスタンドの影に覆われていたが、その内側のダートコースには陽が当たり、乾いた砂を立体的に見せていた。

もう一度、スタンドのほうを見わたした。

大勢のファンが柵にもたれかかり、色紙やパネルを手にしている。平井にサインをもらおうとしているのか。

こんな素晴らしい眺めがあるということを、祐介は知らなかった。

頬をくすぐる風が心地好かった。

またここに立ちたい、と心底思った。


「どうだ、今でも、来てよかったと思うか」

風死狩牧場の調教コース脇の物見櫓の上で、立花が訊いた。

「はい、よかったです」

そう答えた祐介は、初めて立花とここに立った三カ月前のことを思い出していた。

あのとき、羊蹄山は七合目あたりから上に雪が残っていた。そして、周囲の緑は刻一刻と濃さを増しているさなかだった。

今、羊蹄山は頂上まで雪のない山肌を見せ、周囲の木々は紅葉しはじめている。放牧地の上の赤く色づいたナナカマドやカエデが見えるあたりから、生首が転がり落ちてきた日も、地下にめぐらされた坑道を平井の運転する車で駆け抜けた日も、何年も前のことのように感じられる。

この風死狩という土地は、多くの人間たちの命を奪ってきた。

「フシカリ」は、「赤いものが回流する」という意味のアイヌ語だという。赤いものとは、ここで生きる者たちと、殺された者たちの血なのだろうか。

祐介の横にいる立花をはじめとする立花一族の者たちは、どう好意的に見ても、殺人者であることに変わりはない。

彼らは、他人の命を食らうことによってしか生きられないのか。

ともに生きようとしている祐介自身はどうなのか。

背後から、低い機械音が聞こえた。

振り向くと、東側の山腹で造成工事が始められたようだ。一方の「帝国」が動き出した。これは宣戦布告なのか。

百二十年前は荒れ果てた不毛の地だった。しかし、地下には鉱脈という宝が眠っていた。そして今も、鉱道はこの地の動脈となって富をもたらし、地上にサラブレッドという至高の芸術品を送り出している。

サラブレッドには、そして、競馬というスポーツには、人の心をいかようにも動かす不思議な力がある。

胸の奥に、何かの火が灯ったように感じた。

この土地を守りたい。

その思いが、今の祐介のすべてと言ってよかった。

祐介は目を閉じて、秋の空気を胸一杯に吸い込んだ。

解説

草野仁

島田明宏さんが初めて書かれた競馬ミステリー小説『ダービーパラドックス』を読んだときの衝撃は今でも忘れられません。もちろん、島田さんがドキュメンタリー分野の書き手として、武豊(たけゆたか)騎手に関する著書など多くの素晴らしい仕事を積み重ねてこられたことはよく存じておりました。私自身、初めて島田さんとお会いしてからもう二十五年以上になりますし、自分がホストを務めるグリーンチャンネルのテレビ番組（『草野仁のGate J.プラス』）でもご一緒に仕事をさせていただいていて、才能溢(あふ)れる方だとは感じていました。しかし、その島田さんがこうした創作の分野でこれ程輝かしく素晴らしいお仕事をなさるとは！　思わず感動して、自分が為(な)し遂げたかのような思いで誇らしさを感じた程でした。

『ダービーパラドックス』を読み終えた私はすぐに島田さんに電話をしました。一刻も早く、その気持ちを伝えたかったからです。たまたま電話は繋(つな)がらず、私は留守番電話にメッセージを残しました。

「もしもし、草野でございます。『ダービーパラドックス』を読ませていただきました。本当に興奮して、引き込まれて読みました。素晴らしい出来だと思います。またあらためてご連絡いたします」

そんな内容のメッセージです。いや、私自身はさすがにその一言一句までは覚えていません。記憶にあるのはともかく気持ちが高ぶって、すぐに電話しなくてはと思ったことだけです。それなのになぜこうして再現できたかというと、島田さんがそのメッセージをまだ消さずに、大事に残しておられたからです。そのことを伺ったときには恥ずかしいような、でも正直とても嬉しい気持ちになったものです。

その島田さんが、また競馬ミステリーをお書きになりました。それが本作『キリングファーム』です。今度は一体どんな作品なのかと期待感たっぷりに、わくわくしながら読ませていただきました。

『キリングファーム』は島田さんの競馬ミステリー第二弾になりますが、『ダービーパラドックス』の続編というわけではなく、舞台も登場人物もまったく異なる、別の小説です。

物語は、いまから約百二十年前の明治時代、北陸から北海道へやって来た移民たちの壮絶な苦労と、その末に訪れた争いを描いたプロローグで始まります。まるで大河ドラマのワンシーンのようなスケールの大きな幕開けで、いったいこれがどう競馬と関係してくるのかと、読みはじめて一気に引き込まれてしまいました。

そして場面は変わり、時は現代。主人公の藤木祐介は起業に失敗し、東京競馬場で開かれていた「牧場ワークフェア」に参加して、北海道の「風死狩牧場」で働くことになります。

この「風死狩」というアイヌ語由来を思わせる地名がなんとも秀逸です。「死」という一文字が読者の頭から離れなくなり、雰囲気を盛り上げます。

もともと競馬のことを何も知らなかった素人の祐介は、「風死狩牧場」で働きながら競走馬の生産、育成の仕事を一つずつ覚えていきます。この描写がとても判り易く、まるで読者自身が牧場に居て作業を一緒にしているような気分にさせられます。島田さんも牧場勤務の経験があったかと錯覚するほどです。

普通は競馬といえば厩舎があって騎手がいて、ダービーや有馬記念といった大レースがあって、馬券があってという認識がほとんどです。しかしここでは一頭の馬がどうやって生まれ、育てられ、いかに多くの人の愛情と支えを受けて競馬場に出て行くのかが丁寧に描かれています。文章に関しては素人の私が云うと失礼に当たるかもしれませんが、島田さんは筆が立つ方、凄い、そして素晴らしい書き手だとつくづく思います。

やがて祐介はこの「風死狩牧場」が不自然なまでに閉ざされた場所で、そこに住んで働く人々も謎だらけであることに気づきはじめます。そして次々と起こる不可解な事件の数々。このあたりも見事で読む者の気持ちをぐいぐい引きつけていきます。

物語は騎乗停止処分を受けているスタージョッキーの平井啓一が突然牧場にやって来たところから急展開します。さまざまな面で天賦の才を持ち、やんちゃでハチャメチャな性格なのに、なぜか憎めない魅力的な男が「巻き込まれ型」の主人公である祐介をぐいぐいと引っ張ることで謎は少しずつ明らかになっていきます。

祐介が夢うつつの中で体験するエロティックな出来事。地元の大きな食品会社と牧場との敵対関係。薬物事件で永久追放となっていた元名騎手の柏原周治。物語は終盤、ドアを開くための暗証番号の解読あり、カーチェイスありの冒険活劇的な様相を呈していきます。そして解き明かされる「風死狩」の謎と、その驚くべき背景——。

あとは読んでいただく他はありません。


それにしても前作の『ダービーパラドックス』、そしてこの『キリングファーム』によって日本の競馬ミステリーのジャンルは島田さんをおいて他にはないと感じます。

このジャンルの「本家」は近代競馬発祥の地イギリスのディック・フランシスだと思いますが、最も活発に作品が出版されていたのは一九七〇年代から八〇年代で、日本でも同じ時期に松本清張の『馬を売る女』や西村京太郎の『日本ダービー殺人事件』、岡嶋二人の『焦茶色のパステル』といった秀逸な作品が成功を収めています。ところがその直後、八〇年代終盤以降に空前の「競馬ブーム」が訪れたのとは逆に、なぜかこのジャンルの作品は少なくなります。単発ではいくつかは出ているのですがジャンルとしては勢いを失ってしまいました。

したがって今のこの時代に競馬ミステリーを読むと、新たに登場したジャンルと錯覚してしまう程です。前作『ダービーパラドックス』の帯に「これが現代の競馬ミステリーだ」とありますが、まさにそのとおりと云ってよいでしょう。『ダービーパラドックス』にはディック・フランシスの時代には存在しなかったスマートフォンはもちろん、ICチップ埋め込みによる馬の個体識別など、まさに最新のテクノロジーが重要な役割を担います。ただの「競馬」ではなく、「現代の競馬」が素材となっているわけです。もちろん本作『キリングファーム』にも、そうした仕掛けは大胆に施されています。

さらに『キリングファーム』で特筆すべきは、そうした新しい競馬ミステリーとしての面白さの他に、いくつもの読み応えのある物語が織り込まれている点です。

プロローグに触れた部分でも言及しましたが、本作では北海道の歴史、移民の物語が重要な鍵を握ります。じつは島田さんは北海道出身で、ご自身のルーツへの興味をきっかけに近年、北海道という土地の歴史についても相当な調査をされてきたということで、それを伺って、あの導入部の迫力の秘密がわかった気がしました。

またこれも前述しましたが、生産牧場の仕事についてのリアリティ溢れる描写も、この作品の大きな魅力の一つになっています。前作『ダービーパラドックス』では主人公の小林真吾はスポーツ新聞の記者でしたが、本作の主人公である藤木祐介は競馬を知らない人間という設定で、それが良い形で機能して間口の広さを生んでいます。風死狩牧場の生産馬がレースを走るシーンもありますが、競馬の知識の少ない方でもまさに祐介の視点でその部分を読むことができるのではないでしょうか。

こうした北海道の歴史についての物語、さらには牧場の「お仕事」物語という面を持つことで、本作は競馬の知識が少ない読者にも、より抵抗なく楽しめるものとなっているはずです。ぜひ、そういう方々にこそ読んでいただければと思います。

もちろん『ダービーパラドックス』と同様に、本作『キリングファーム』の物語の背景には競馬の魅力、人間を惹きつけてやまない競馬の魔力とでもいうべきものが、まるで通奏低音のように流れています。レースの勝ち負けがほんのわずかな差で決まってしまうからこそ、少しでも馬を強くしたいと人間は執着します。その思いが、時には牧場の小さな仕事一つひとつの積み重ねとして、また時には百二十年前から続く壮大なスケールの営為として、形に表されていきます。

たかが競馬、されど競馬。競馬ってすごいものだ、奥が深いものだ。そんな思いを、読んだ方は誰もが抱くことでしょう。

島田さんの頭の中には前作『ダービーパラドックス』、本作『キリングファーム』に続く、第三弾の構想が出来上がっているそうです。気が早すぎるだろうと怒られるのは承知ですが、私も今から楽しみで仕方がありません。貪るように読んでいる自分の姿が目に浮かびます。

そしてきっと読み終わった瞬間に、また興奮して、すぐ島田さんに電話をかけずにはいられなくなることでしょう。

（くさの・ひとし　TVキャスター）

本文デザイン／高橋健二（テラエンジン）
挿絵／水口かよこ
解説構成／軍土門隼夫

本書は、集英社文庫のために書き下ろされた作品です。

集英社文庫
島田明宏の本

ダービーパラドックス

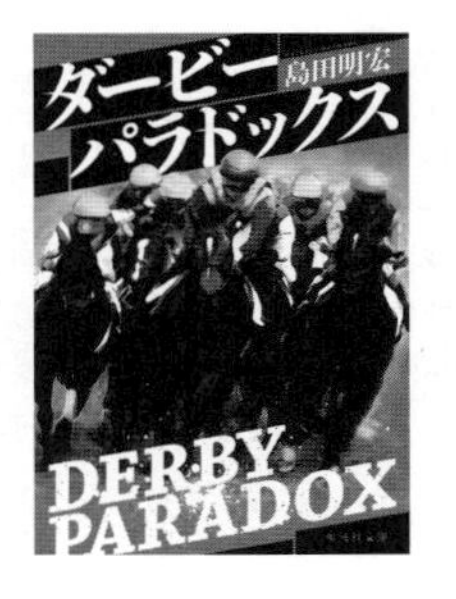

競馬記者の小林がサラブレッドをめぐる疑惑を追う中、先輩記者が急死。北の馬産地で小林が見た真実とは⁉　リアリティ溢れる21世紀の競馬ミステリー。

集英社文庫　目録（日本文学）

集英社文庫　目録（日本文学）

島本理生　イノセント
志水辰夫　あした蜉蝣の旅(上)(下)
志水辰夫　生きいそぎ
志水辰夫　みのたけの春
清水義範　偽史日本伝
清水義範　迷宮
清水義範　開国ニッポン
清水義範　日本語の乱れ
清水義範　新アラビアンナイト
清水義範　イマジン
清水義範　夫婦で行くイスラムの国々
清水義範　龍馬の船
清水義範　シミズ式 目からウロコの世界史物語
清水義範　信長の女
清水義範　夫婦で行くイタリア歴史の街々
清水義範　会津春秋

清水義範　夫婦で行くバルカンの国々
清水義範　iｆの幕末
清水義範　夫婦で行く旅の食日記 世界あちこち味巡り
清水義範　夫婦で行く意外とおいしいイギリス
清水義範　夫婦で行く東南アジアの国々
下重暁子　鋼の女 最後の瞽女・小林ハル
下重暁子　不良老年のすすめ
下重暁子　「ふたり暮らし」を楽しむ 不良老年のすすめ
下重暁子　老いの戒め
下川香苗　はっこい
下村一喜　美女の正体
朱川湊人　水銀虫
朱川湊人　鏡の偽乙女 薄紅雪華紋様
小路幸也　東京バンドワゴン
小路幸也　シー・ラブズ・ユー 東京バンドワゴン
小路幸也　スタンド・バイ・ミー 東京バンドワゴン

小路幸也　マイ・ブルー・ヘブン 東京バンドワゴン
小路幸也　オール・マイ・ラビング 東京バンドワゴン
小路幸也　オブ・ラ・ディ オブ・ラ・ダ 東京バンドワゴン
小路幸也　レディ・マドンナ 東京バンドワゴン
小路幸也　フロム・ミー・トゥ・ユー 東京バンドワゴン
小路幸也　オール・ユー・ニード・イズ・ラブ 東京バンドワゴン
小路幸也　ヒア・カムズ・ザ・サン 東京バンドワゴン
小路幸也　ザ・ロング・アンド・ワインディング・ロード 東京バンドワゴン
小路幸也　ラブ・ミー・テンダー 東京バンドワゴン
白石一文　彼が通る不思議なコースを私も
白石一文　光のない海
白河三兎　私を知らないで
白河三兎　もしもし、還る。
白河三兎　十五歳の課外授業
白澤卓二　100歳までずっと若く生きる食べ方
城山三郎　臨3311に乗れ

集英社文庫　目録（日本文学）

辛　永清　安閑園の食卓　私の台南物語
辛酸なめ子　消費セラピー
新庄　耕　狭小邸宅
新庄　耕　ニューカルマ
真堂　樹　帝都妖怪ロマンチカ　～猫又にマタタビ～
眞並恭介　牛と土　福島、3.11その後。
神埜明美　相棒はドM刑事　～女刑事・海月の受難～
神埜明美　相棒はドM刑事2　～事件はいつもアブノーマル～
神埜明美　相棒はドM刑事3　～横浜誘拐紀行～
真保裕一　ボーダーライン
真保裕一　誘拐の果実(上)(下)
真保裕一　エーゲ海の頂に立つ
真保裕一　猫背の虎　大江戸動乱始末
真保裕一　ダブル・フォールト
周防　柳　八月の青い蝶
周防　柳　逢坂の六人

周防　柳　虹
周防正行　シコふんじゃった。
杉本苑子　春日局
杉森久英　天皇の料理番(上)(下)
杉山俊彦　競馬の終わり
鈴木　遥　ミドリさんとカラクリ屋敷
鈴木美潮　昭和特撮文化概論　ヒーローたちの戦いは報われたか
瀬尾まいこ　おしまいのデート
瀬尾まいこ　春、戻る
瀬川貴次　波に舞ふ舞ふ　平清盛
瀬川貴次　ばけもの好む中将　平安不思議めぐり
瀬川貴次　闇に歌えば　文化庁特殊文化財課事件ファイル
瀬川貴次　ばけもの好む中将　弐　姑獲鳥と牛鬼
瀬川貴次　ばけもの好む中将　参　天狗の神隠し
瀬川貴次　ばけもの好む中将　四　踊る大菩薩寺院
瀬川貴次　暗夜鬼譚　春宵白梅花

瀬川貴次　ばけもの好む中将　伍　冬の牡丹燈籠
瀬川貴次　暗夜鬼譚　遊行天女
瀬川貴次　ばけもの好む中将　六　美しき獣たち
瀬川貴次　暗夜鬼譚　夜叉姫恋変化
瀬川貴次　ばけもの好む中将　七　花鎮めの舞
瀬川貴次　暗夜鬼譚　血染雪乱
関川夏央　石ころだって役に立つ
関川夏央　「世界」とはいやなものである　東アジア現代史の旅
関川夏央　現代短歌そのこころみ
関川夏央　女流　林芙美子と有吉佐和子
関川夏央　おじさんはなぜ時代小説が好きか
関口　尚　プリズムの夏
関口　尚　君に舞い降りる白
関口　尚　空をつかむまで
関口　尚　ナツイロ
関口　尚　はとの神様

集英社文庫　目録（日本文学）

高野秀行　アヘン王国潜入記
高野秀行　怪魚ウモッカ格闘記　インドへの道
高野秀行　神に頼って走れ！　自転車爆走日本南下旅日記
高野秀行　アジア新聞屋台村
高野秀行　腰痛探検家
高野秀行　辺境中毒！
高野秀行　世にも奇妙なマラソン大会
高野秀行　またやぶけの夕焼け
高野秀行　未来国家ブータン
高野秀行　謎の独立国家ソマリランド　そして海賊国家プントランドと戦国南部ソマリア
高野秀行　恋するソマリア
高橋一清　編集者魂　私の出会った芥川賞・直木賞作家たち
高橋克彦　完四郎広目手控
高橋克彦　天狗殺し　完四郎広目手控Ⅱ
高橋克彦　いじん幽霊　完四郎広目手控Ⅲ
高橋克彦　文明怪化　完四郎広目手控Ⅳ
高橋克彦　不惑剣　完四郎広目手控Ⅴ
高橋源一郎　ミヤザワケンジ・グレーテストヒッツ
高橋源一郎　競馬漂流記　では、また、世界のどこかの観客席で
高橋源一郎　銀河鉄道の彼方に
高橋千劔破　江戸の旅人　大名から逃亡者まで30人の旅
髙橋安幸　根本陸夫伝　プロ野球のすべてを知っていた男
高見澤たか子　「終の住みか」のつくり方
高村光太郎　レモン哀歌―高村光太郎詩集
瀧羽麻子　ハローサヨコ、きみの技術に敬服するよ
竹内真　粗忽拳銃（そこつけんじゅう）
竹内真　カレーライフ
武内涼　はぐれ馬借
武内涼　はぐれ馬借疾風の土佐
武田晴人　談合の経済学
竹田真砂子　牛込御門余時（うしごめごもんよじ）
竹田真砂子　あとより恋の責めくれば　御家人大田南畝
竹田津実　獣医師の森への訪問者たち
竹林七草　お迎えに上がりました。　国土交通省国土政策局幽冥推進課
竹林七草　お迎えに上がりました。　国土交通省国土政策局幽冥推進課2
竹林七草　お迎えに上がりました。　国土交通省国土政策局幽冥推進課3
嶽本野ばら　エミリー
嶽本野ばら　十四歳の遠距離恋愛
太宰治　人間失格
太宰治　走れメロス
太宰治　斜陽
田崎健太　真説・長州力　1951-2018
多田富雄／柳澤桂子　露の身ながら　往復書簡　いのちへの対話
多田富雄　寡黙なる巨人
多田富雄　春楡の木陰で
多田容子　柳生平定記
多田容子　諸刃の燕
橘玲　不愉快なことには理由がある

集英社文庫　目録（日本文学）

集英社文庫

キリングファーム

2019年4月25日　第1刷　　定価はカバーに表示してあります。

著　者　島田明宏（しまだあきひろ）

発行者　徳永　真

発行所　株式会社　集英社

東京都千代田区一ツ橋2-5-10　〒101-8050

電話　【編集部】03-3230-6095

【読者係】03-3230-6080

【販売部】03-3230-6393（書店専用）

印　刷　図書印刷株式会社

製　本　図書印刷株式会社

フォーマットデザイン　アリヤマデザインストア　　マークデザイン　居山浩二

ISBN978-4-08-745871-8 C0193